ンチック・レプリカ

うえだ真由

幻冬舎ルチル文庫

CONTENTS ✦目次✦

✦カバーデザイン＝吉野知栄（CoCo.Design）
✦ブックデザイン＝まるか工房

イラスト・金ひかる✦

ロマンチック・レプリカ

檜皮《ひわだ》デザインのビルの五階にあるアトリエ室、作業台の上を申し訳程度に片づけて、吉岡《よしおか》弦《ゆずる》は愛用のバッグを肩から斜めに提げた。

バッグの中には、財布とスマートフォンくらいしか入っていない。

ドアに駆け寄り、一度だけ振り返って最低限の体裁が整っていることを確認したあと、弦は勢いよくドアを閉めて廊下に飛び出す。

小走りで階段を目指しながら腕時計に視線を落とせば、時刻は午後六時を少し回ったところだった。待ち合わせは七時なので、これなら間に合いそうだ。

ほっとして角を曲がったのと、ちょうど階段を上がってきた人物が現れたのは同時だった。

「……っ」

「ったー…」

思いっきりぶつかってしまい、弦は慌てて壁に縋《すが》りついて転倒を免《まぬが》れた。最初の衝撃が去って顔を上げると、左腕を抱えて悶《もだ》えている長身が目に入る。

「えっ江崎《えざき》さん！　すいません、俺ちゃんと前見てなくて！」

「もう～…学校じゃないんだからさ、廊下走んないでよ」

腕をさすりつつ呆《あき》れた表情で言った江崎貴之《たかゆき》に、弦は平身低頭謝った。内心では「学校ほど、廊下を走って怒られるところはない気がする」と思ったが、口に出すと藪蛇《やぶへび》なので黙っておく。

ようやく立ち直った江崎は、シャツの裾《すそ》を直しながら尋ねた。

「なんでそんなに急いでんの。合コン？」

「まっさか。江崎さんと一緒にしないでくださいよ」

「えぇー。相変わらず生意気な言い方だなー」

夜遊び好きだと自他ともに認める江崎は、台詞《せりふ》の内容ではなく弦の口調に反応した。思わず噴き出してしまいそうになったが、年上の社員にそれはまずいとギリギリのところで耐える。

「す……いません。合コンとかじゃなくて、人と会うんです」

「女の子？」

「ちがぃます……っと、やばっ」

再び腕時計を眺め、今のアクシデントで五分近くロスしてしまったことに気づき、弦はぺこっと頭を下げると階段に向かって駆け出した。

「急いでるんで……すいません！　お疲れさまでしたーまた今度っ」

「あんま焦んないで、道中気をつけなよ～」

あたふたと階段を下りる最中に上から声が降ってきたが、それには手を上げるだけで応える。

弦の勤め先は、檜皮製作所というマネキン製作会社だ。

マネキン製作という仕事柄、在庫を置ける広いスペースが必要なために工房が青梅《おうめ》の外れにあり、基本的にはそこで勤務している。ただ月に数度、檜皮デザインという関連会社に行くことがある。檜皮デザインの業務内容はディスプレイで、顧客はデパートや繁華街にある店舗などが大半なので、都心に小さなビルを構えているのだ。

普段はこれといった娯楽施設も近くにない長閑《のどか》な郊外で働いているので、工房とアパートを行き来する生活だが、檜皮デザインに来る日は違う。オープンしたばかりの商業施設、値は少し張るけれど美味《おい》しい店、そんなものがたくさんあるしどこに行くにも便利だし、友人知人も区内で働いている者が大半だから会いやすい。だから弦は、毎月檜皮デザインに行く日が決まると、同時に遊びの予定もがっつり入れるのだ。

ただ、本日の用事は気楽な遊びというわけではなくて――。

「ちょっとすいませーん」

次々と人が上がってくる地下鉄への連絡口の階段を、人を掻《か》き分けて駆け降りつつ、弦はこれから会う相手の顔を思い浮かべて口許《くちもと》を緩ませた。

約束の大手チェーン店の居酒屋に着いたとき、相手はもう来ていた。簡単に仕切られただけの個室に案内され、何もないテーブルの上でメニューを眺めている楠田祐輔《くすだゆうすけ》が視界に入った瞬間、弦はバッグを頭から引っこ抜きながら謝罪する。

「祐輔さん、ごめん！　遅くなって」

「そんな謝らなくていいよ。遅れたっていっても五分くらいでしょ、俺もさっき来たところ。全然待ってないよ」

祐輔は柔らかい笑顔で言うが、時間にしっかりしている彼が約束の十分前には店に到着していたことは想像に容易《たやす》い。平謝りしつつ、弦は祐輔の向かいに腰掛けた。

お疲れさまと笑いかける祐輔は、弦の元義理の兄だ。弦が中学二年生の頃、弦の母親と祐輔の父親が子連れ再婚して一度は義理の兄弟となったのだが、その生活は長く続かず三年ほどで離婚となったために、今では戸籍上の繋《つな》がりは何もない。

ただ、義理の兄弟という関係はたった三年間だったものの、祐輔が弦に落とした影響は一言では語り尽くせないほど大きなものだった。

母親は弦が一歳のときに離婚したので、本当の父親の顔は知らず、物心ついたときから母子家庭だった。水商売をしている母親は、悪い女ではないのだがとにかく男がいないと駄目なタイプで、店を変わってはそのときどきに付き合っていた男と半同棲状態だったために、二人暮らしのはずのアパートには常に父親ではない男がいたのだ。暴力的だったりヒモだったり、稀《まれ》に優しいまともな男もいたが、弦はその誰とも馴染《なじ》めず家に居づらくて、幼少期から日が暮れても外でふらふらする生活を送っていた。

中学に上がるとますます家に帰らなくなり、そうするとつるむ仲間は自然と同じように家に寄りつかない少年少女ばかりになり、お世辞にも素行がいいとは言えない少年時代だったのだ。

薬をやったり暴走族に入ったりするほどではなかったが、昼間からゲームセンターに入り浸って警察を呼ばれることはしょっちゅうで、深夜徘徊《はいかい》や喫煙で補導されることも数知れず。当然のことながら勉強はからきしで、成績は常に地を這《は》っていた。

母親は相変わらず男に依存しないと生きていけなくて、息子を放ったらかしで客の男と親しくなっては別れることを繰り返していた。弦が警察に捕まると迎えには来たが、素行不良に対して怒ることはまずなくて、代わりに呼び出しのタイミングによって同伴出勤がふいになったときなどは激しく叱責《しっせき》する有り様だった。

しかし、そんな生活も彼女の再婚でがらりと変わった。

再婚相手の楠田は一流商社に勤めるサラリーマンで、十年前に妻を病気で亡《な》くして以来、男《おとこ》やもめで祐輔を育てていた。一人息子の祐輔も、そんな父の背中を見て育ったせいか優等生で、都内でも有名な進学校に通ったのち国立大学に現役で合格していた。

母親から話を聞いたときは、なぜそんなエリート然とした男が彼女と再婚する気になったのだと疑問だらけだった。あとから聞いたところによると、弦の母親が当時ホステスとして勤めていた銀座の店に楠田がよく通っていて、一人身の寂しさや男手ひとつで育てた息子が成人したことの感慨からか、自分とは正反対の奔放《ほんぽう》さに惹《ひ》かれてしまったようだ。

もちろん、楠田の親戚一同は猛反対したそうだが、長らく寡夫《かふ》だった父親の背中を押したのは意外にも息子の祐輔だった。育ててくれた感謝と、これからは自分の人生を楽しんでほしいという願いから、父の好きになった人ならどんな女性でも構わないよと笑顔で賛成したのは想像に容易い。

弦にとっていきなりできた父と兄は規格外もいいところで、何から何まですべて鼻についてしまい、とても新しい家族と和気藹々《わきあいあい》という気分にはなれなかった。だが、祐輔は違っていたらしい。

顔合わせの食事会で、祐輔は目を輝かせて「弟ができるなんて嬉《うれ》しい」と臆面《おくめん》もなく言ってのけた。あまりの清々《すがすが》しさに、何か裏があるのではないかと弦が勘繰《かんぐ》ってしまったほどだ。

母親の男関係に口を出しても無駄だと悟っていた弦にとって、再婚は賛成したのではなくあくまで「反対しなかった」というだけのことだったが、祐輔は新しい四人家族に夢を抱《いだ》いていたようだ。

自宅から大学の経済学部に通っていた祐輔は、真面目《まじめ》な性格から夜遊びも滅多にしなかったために、まだ義務教育中の義弟《おとうと》の帰宅が遅いと心配して自らの足で探しに出た。幾《いく》つもの溜《た》まり場を歩き回り、弦を見つけると抵抗をいなしながら連れ帰り、そのくせ素行が悪いと怒ったことは一度もなかった。

再婚後、弦の母親は店を辞めたものの数ヵ月もすると夜遊びを始め、新しくできた父親は仕事が忙しく帰宅はいつも午前様。弦は必然的に、これまで住んだこともない広い一軒家で祐輔と二人きりで過ごすことが増えた。

幼少期から母親が連れ込む男の機嫌を窺《うかが》いながら夜を過ごしていた弦にとって、誰もいない家というのは心から解放感に浸れる場所という認識なのだが、祐輔は違ったらしい。どんなに素《そ》っ気《け》なくしても反抗しても、ケーキやゲームを買ってきて毛色の違う義弟ににこやかに接してくる姿に、幼い頃から帰宅の遅い父親を待つ寂しさに耐えていたことが窺えた。初めてできた兄弟に舞い上がっているのは一目瞭然《いちもくりょうぜん》で、最初は鬱陶《うっとう》しくて仕方がなかった——はずなのに。

頭ごなしに命令しない、いつも笑顔を絶やさない、当たり前だが決して叩《たた》いたり蹴《け》ったりしない。そんな祐輔に、頑《かたく》なだった弦の心も少しずつ溶けていった。

成績が揮《ふる》わず、偏差値の低い高校に行くか中卒で働くかどちらかだと思っていた弦が、一念発起して受験勉強を始めたのも祐輔のお陰だ。中学三年の秋から勉強して、無事に進学できた高校は偏差値も高くなく専門色の強いところだったが、中学一年の教科書で既に躓《つまず》いていた弦にしては上出来だった。合格したとき、弦本人以上に喜んでいた祐輔の姿は忘れられない。

そして――。

『弦は、手に職をつけたらいいと思うな』

将来何になりたいのか聞かれ、特に何も考えていないと答えた弦に、祐輔はそんなふうに言った。

『手先が器用だし、集中力があるし。職人さんが向いてるかもね』

本当にそう思ったのかもしれないし、どんなに頑張ってもクラスの真ん中より上の成績を取ることはできなかった弦を案じて技術職を勧めたのかもしれない。祐輔の真意はわからなかったが、弦が技術職を目指したきっかけは間違いなくその言葉だった。この人が言うならそうに決まっている、高校に進学した頃にはそれだけの信頼を寄せるようになっていたのだった。

やはり住む世界も価値観も何もかもが違いすぎたのだろう、母親と楠田が離婚したのは弦が高校二年生の秋。祐輔はもう就職して一端《いっぱし》の社会人だったのに、本当に寂しそうだった。

弦の手を握り、一言一言嚙《か》み締めるように、

『携帯の番号は変えない。何かあったらすぐに連絡して』

『戸籍では家族でなくなるけど、弦はいつまでも俺の弟だよ』

と繰り返した。

あまりにも悲愴《ひそう》な顔で告げるので、生まれて初めて懐いた相手との別れに胸を痛めていた弦も思わず噴き出してしまった。笑って、そのせいだけで浮かんだのかどうかわからない涙を拭《ぬぐ》う弦に、祐輔もまた泣きそうな顔で笑ったのだった。

大仰《おおぎょう》な別れのシーンに、これは一生会えなくなるフラグだな……などと思っていた弦だったが、祐輔の言葉は社交辞令でも何でもなく、折に触れて近況を窺う電話がかかってきた。就職が決まったと告げたときは喜び、レストランでお祝いしてくれた。二十歳《はたち》の誕生日、この日を待っていたんだと飲みに誘ってきたのも祐輔だった。素行不良の弦がローティーンから飲酒していたことなどお見通しだっただろうに、満面の笑みで乾杯してくれた。

だから、弦は祐輔に頭が上がらないのだ。その寛容さでもって、どうしようもなかった自分に優しくしてくれた人。たくさん心配や迷惑をかけた分、今はしっかりやっていることを見せていかなくてはならない。

ビールのジョッキが運ばれてきて乾杯し、少しずつ頼んだ料理が運ばれてくるようになると、いつものように他愛のない会話が弾んだ。

「弦、相変わらずお洒落《しゃれ》……だね？」

目を細め、弦の髪についた細いピンを見て言った祐輔に、弦は枝豆を口に放り込みながら応える。

「その言い方、お洒落って思ってないでしょ」

「そ、そんなことないよ！　そりゃ……最初に見たときは男がそういうピンつけるなんてってびっくりしたけど、渋谷とか歩いてると、よくそんなピンつけてる男の子見るし」

「結構便利なんだよね、前髪落ちてこないから」

「あ、そうか。仕事が仕事だもんね」

祐輔は感心したように頷《うなず》いたが、一生懸命自分を納得させたような気がしないでもない。

とにかく、祐輔は真面目な優等生だった。水商売の母親と警察に何度も補導されている息子という母子家庭に、それなりに馴染んでいたのが今でも信じられないほど。

正面の祐輔が焼き鳥をつまみ、美味しいと嬉しそうな顔をしたのに口許を綻《ほころ》ばせつつ、弦はその面立《おもだ》ちを眺める。

ハンサムかどうかと女性に聞いたら、答えは半々になるのではないだろうか。祐輔は決して不細工ではなく、人のよさそうな笑顔は好ましいと思う。ただ、容姿にこれといった特徴がないためあまり印象に残らないタイプだと言える。

背も中肉中背で、こうやって背広を着ていると大量のサラリーマンにすっかり埋没する個性のなさである。

身長には恵まれなかったものの、幼い頃から可愛いと言われ、女性関係でさしたる苦労もなかった弦とは正反対だった。着飾ることに余念がなかった母親の影響か、弦自身も髪形や着るものにこだわる方で、自分の見せ方をよくわかっている分お洒落だと言われることも少なくない。

それでも、弦は祐輔のことが大好きだった。

兄として好きなのではない。幼少期から『母親』より『女』を優先する親のもとにいたせいか、代わる代わる家に住み着いては父親面《づら》した男に辟易《へきえき》したせいか、弦の中に『家族』という概念は殆《ほとん》ど存在していなかった。母親の再婚によりできた義父と義兄も、弦にとっては単なる『同居人』であってそれ以上でも以下でもなかったのだ。

だからこそ、この想いは恋なのだろうかと思って不安になる。

祐輔と会う日は、普段より少しお洒落して行く。あまり気合いを入れ過ぎないように、普通っぽく見える範囲で、ということに気をつけて。

向かい合って喋《しゃべ》っているとどきどきするし、祐輔の何でもないちょっとした仕種《しぐさ》で胸がきゅっと絞られたりする。この感覚は、かつて好きだった女の子を前にしたときと何ら変わりなかった。

祐輔の目には少しでもよく映りたいし、昔のことがあるからこそ今は違うところを見せたくて頑張ってしまう。

これらすべて、恋心から来るものとしか思えないのだが、弦はどうしても、自分が男と付き合う人種だと考えられなかった。これまで付き合った相手も全員女の子だったし、女性を好きになることに理屈や葛藤《かっとう》は必要なかったのだ。

「あ、これ美味しい」

弦も食べなよ、と焼き鳥の盛り合わせを勧められ、笑顔で手を伸ばす。

何年も抱えたこの気持ちの正体が何なのか、気にならないと言えば嘘になるが、今はわからなくてもいい。

戸籍上の縁は切れても、ただこうしてときどき会い、向かい合って食事ができるだけで、弦はとても幸せなのだ。

＊

弦が勤務しているのは、大手マネキン製造会社の檜皮製作所だ。そこでマネキンのボディを製作する仕事をしている。

大手とはいえ、ユーザーが限られている特殊な業界なので、工房で働いているのは十五名ほど。マネキンの形を決める原型師が二名で、粘土で作られたそれを型に取って樹脂で成形する樹脂係が八名。そしてマネキンの顔を描くメイク係が五名だ。

弦は樹脂係で、日々マネキンのボディを作っている。

取った型に樹脂を染《し》み込ませたガラス繊維を手作業で貼りつけていき、型を外したあとはサンドペーパーで表面をなめらかにし、エアーコンプレッサーで何重にも塗料を吹きつけるのだ。型取りから完成までは一人一体ずつの作業で、一つ完成させるのに二日程度かかる。

有機溶剤を使っているから手荒れはひどいものだし、シンナー臭が満ちる職場はお世辞にも環境がいいと言えないが、弦はこの仕事が好きだった。

ただ、弦の最初の配属先はメイク係だった。高校ではデザイン科で絵を描いていたこともあり、手先の器用さや筆遣いなどにはちょっとした自信があったのだ。ところが入社して仕事を始めて半年ほど経《た》った頃、センスが今一つだという理由で樹脂係に回されてしまったのだった。描いた顔にどうにも魅力がないと言われたときは、ショックだった。

もちろん、基本はきちんとできている。ファッションが好きで女性のメイクもよく見ているだけに、そうピントをはずしたことはしていない。それでもこういう分野では、持って生まれたセンスとでも言うような、努力では如何《いかん》ともしがたい面がどうしても存在して、弦もそれはわかっていただけに所属変更を受け入れざるを得なかったのだった。

当初は、学生時代に学んだことを生かせずまったく新しい技術を覚えなければならないことに落胆した。特に、中学時代荒れていた弦にとって、高校とはどれだけ偏差値の低いところだろうが専門学校的な要素が強いところだろうが必死で勉強してどうにか進学できた聖地だっただけに、そこで学んだことを捨てて一から別のことを始めるというのは精神的にもダメージが大きかった。

それでも頑張れたのは、祐輔が折に触れて励ましてくれたからだ。

将来は職人になったらいいと思う——その言葉を発したのが祐輔だからこそ、弦は迷いなく道を決めて邁進《まいしん》してきた。仕事内容ががらりと変わってしまっても、またここで一つずつ積み重ねていくしかないと切り替えられたのは祐輔のお陰だ。

仕事が終わっても自主的に残り、規格外で撥《は》ねられた資材を使って試行錯誤し、一日も早く一人前の職人になろうと努力する日々だった。辛辣《しんらつ》な評価とともに何度もやり直しを命じられることは日常茶飯事だったが、怒られてへこむ日があっても、祐輔の顔を思い浮かべるとまた明日も頑張ろうという気になるのだ。

マネキンの寿命は、汎用型《はんようがた》のレンタル品の場合、だいたい三年から五年程度。ただし本体が劣化するからではない。長期使用に耐えうる強いマネキンがたった数年で寿命を迎えるのは、流行に左右されるためである。

食事やライフスタイルの変化に伴い、日本人の体型は年々欧米化している。旬のタレントが入れ替わるたび、たれ目がクローズアップされたり口角を上げた表情が持て囃《はや》されたりする。メイクに至ってはシーズンごとに主流が変わり、眉の描き方やチークの載せ方が少しでも流行遅れだと野暮ったい印象になってしまう。

メイクの変更だけなら、既に使用されているマネキンを塗り替えることで対応できる。付け睫毛《まつげ》を取り、顔の表面に塗料を吹きつけて真っ白にし、新しいメイクを上描きするのだ。しかし、顔立ちの流行や体型の変化などは骨格からして違うので、世の中に合わせた新しいものを納品して一つ前のものはお役御免となるのだ。

ボディ担当になってから、弦は寝る間も惜しんで新しい技術を身につけていった。先輩の同僚にも積極的に教えを請い、その技術に少しでも近づきたいと、自分以外の者が作ったマネキンを入念に観察した。

隣接する巨大な倉庫には何百体というマネキンが置いてあり、昼間でも入るのにちょっと躊躇《ちゅうちょ》するほど独特の雰囲気を醸し出しているのだが、そこに入り浸っていろんな時代のマネキンのラインを見たり手触りを確認したり。職人仕事だからそんな弦は可愛がられ、努力の甲斐《かい》あって一年ほどで独りで恙《つつが》なく完成させられるようになり、今ではそこそこ重要な客先の仕事も任されるようにまで上達している。

本日もさっさと昼食をとり、余った時間で先輩の作ったマネキンのボディを触りながら研究していると、軽いノックの音とともにドアが開いた。

「あれ、江崎さん？」

「お疲れさまー」

気さくな挨拶とともに入室してきた江崎は、作業場をぐるりと見回しながら尋ねる。

「進藤《しんどう》さん、いる？」

「んー、まだ昼から帰ってないと思います。進藤さん、いっつも外なんですよね」

原型師である進藤を探している江崎に答えて、弦は小首を傾《かし》げた。

「打ち合わせですか？」

「そうそう。一時からの予定なんだけど、ちょっと早く着いちゃって」

江崎の言葉に壁掛け時計を見上げると、一時まで三十分と少しあった。結構待ち時間がある上に作業場は汚れやすいので、工房入り口にある応接セットに案内しようとした弦は、近づいてきた江崎が今まさに触れていたマネキンを眺めたのに動きを止める。

頭、腕、脚のない胴体だけの、文字通りボディをしげしげと見ながら、江崎が質問した。

「これ、吉岡くんが作ったの？」

「いえ。山本《やまもと》さんです」

ベテラン職人の名前を出して首を振り、弦は隣に置いたボディを指す。

「俺のはこっち」

「そうなんだ。山本さんベテランなのに、吉岡くんのも遜色《そんしょく》ないね」

誉《ほ》められたが、弦はすぐに苦笑いして否定した。

「パッと見は……。でも触ると全然違うのがわかる」

「ん？　触っていい？」

「どうぞ。えっと……この、脇《わき》からウェストにかけてのボディラインを掌《てのひら》でなぞると違いがわかると思います」

弦の言葉通り二体のボディをすっと撫《な》でた江崎は、僅《わず》かに眉を寄せた。

さっきまで自分がしていたようにただ触っただけなのに、江崎の手つきはなんだか妙な色っぽさを感じてしまう。

そんなふうに思った自分がいけない気がして俯《うつむ》いた弦に気づかず、江崎は合点《がてん》がいったように頷いた。

「山本さんの方がなめらかなんだね」

「そうなんです。見ただけじゃわからないんですけど、触れば一発」

小さく深呼吸して、弦は笑顔で長身の江崎を見上げた。

「マネキンをべたべた触るお客さんってそういないし、そもそも服着せてるから、見た目さえおかしくなかったら手で触ってわかるほどの違いなんてそれほど重要じゃないけど……。でもやっぱり、山本さんのとかは触った瞬間感動しますよね」

「うん。俺も今びっくりした。俺が普段扱ってるやつと全然違うね」

「江崎さんが普段扱ってるようなやつは、要するに俺とかが作ったやつだから……」

反省を込めて呟《つぶや》き、弦は肩を竦《すく》めた。

「山本さんの作品は、江崎さんあんまり関係したことないかも」

「え、そう？　俺わりといろんな現場出てるけど」

「あー、そうじゃなくて……山本さん、汎用品は殆ど作らないんです。基本的に特注で、たとえば、なんか有名なアニメのキャラクターとか。等身大だからってうちに依頼が来たけど、そもそもマネキンっていうよりフィギュア」

「そんなオーダーが……あ、そういえば俺もちょっと聞いたな。三体だか五体だかの限定販売で、一体百万くらいするやつ。あれ向こうからの持ち込み企画だったから、檜皮デザイン通ってないし詳しくないけど」

「それそれ、それです。それは全部山本さんが一人で作ったから、納期結構もらってた。あいうの購入する人って、やっぱりディテールにこだわるから。手触りとかめちゃくちゃ重要らしいです」

当時のことを思い出すと、苦笑いが浮かぶ。基本的に工房は外部との接触がなく、特注品であっても本社の営業か、もしくは関連会社の檜皮デザインの社員を通してのやり取りになるが、あのときは違った。進捗《しんちょく》状況の確認に、先方がしょっちゅう工房まで足を運んで出来具合を細かくチェックしていたのだ。

たまに工房にチェックに来る担当者はいるが本当に稀で、しかも件《くだん》のフィギュアの発注元の会社社員は毎回厳しい目で細かいところまで確認してくるので、職人の間ではちょっとした有名人だった。

「進藤さんとの打ち合わせってことは、特注品ですよね。仕上げ、誰になるのかな」

「んー、誰だろ。大手下着メーカーからの発注で、店頭に置くんじゃなくて本社ビルの広報室に置くんだって。新作着せて来客へのアピールが主目的だけど、取材なんかで写真撮るときに写り込ませるために置くらしいよ。——あ、来客っていってももちろん一般の購買客じゃなくて、取引先の業者とかね」

「それなら仕上げは山本さんだな」

肌の露出が多い下着用マネキンなら、なめらかな仕上がりに定評のある山本だろう。そう確信して、弦はひっそり精進を誓った。いつか自分も、こういう仕事で指名されるレベルまで行きたい。

弦の顔を見て、江崎は興味深そうな目で覗《のぞ》き込んできた。

「吉岡くんも、特注やりたい？」

「そりゃ……」

自分の今の実力を知っている分、やりたいですと言い切るにはおこがましくて口ごもると、江崎はいつもの人当たりのいい笑みを浮かべて言った。

「だから一日でも早くベテラン職人さんに追いつくよう、ランチさっさと済ませて自主勉強中だったんだ？」

「……」

見通されていたことに羞恥《しゅうち》を感じたが、それ以前に『ランチ』という言葉に引っかかった。弦が本日の昼食としてとったのは、行きがけにコンビニエンスストアで購入したおにぎりとカップラーメンだ。『ランチ』というより『昼メシ』と言った方がしっくりくる。

江崎を眺め、弦は噴き出した。

「ん？　何か変？」

「いや……ランチっていうのがなんか笑えて。それに江崎さんのそのカッコ、ここじゃすごく浮いてる気がする」

「そう？」

江崎は首を傾げているが、業種ならではのノータイとはいえきちんとプレスされたモスグリーンのシャツにアイボリーのパンツという姿は、汚いこの部屋で浮きまくっている。

そもそも、江崎はいつ見ても身なりに気を使っていた。適当なTシャツに擦《す》り切れたジーンズ、冬はそれにブルゾンかフリースを羽織るだけで出勤し、さらに汚い作業着に着替えて働く自分とは正反対だ。

以前は職人以外の社員が作業場に来るのも珍しくなかったんだけどな……と、弦は檜皮デザインが分社化する前のことを懐かしく思い出す。

デパートなどを顧客とし、ディスプレイを手掛けるデコレーターで構成される檜皮デザインは、もともと工房の隣にある本社の営業部の一角だった。数年前に分社化し、檜皮デザインは取引先に近い都心にテナントを構え、在庫管理などで相応の敷地を要する檜皮製作所はそのまま青梅に残ったのだ。

分社化したのは弦が入社して二年ほど過ぎた頃だったので、それまで青梅の本社で勤務していた江崎とは顔見知りだった。とはいえ、仕事が違うので顔を合わせることはあまりなく、入金差異があったときに確認されるなど、仕事の話だけをときどきする間柄だった。

当時江崎は営業経理業務に携わっており、分社化の際に経理手腕を買われて檜皮デザインの社員となったのだ。しかし、本人がもともとインテリアに興味があるということで、転籍をきっかけに現場側の人間になったらしい。

そんなわけで、江崎本人のことはさほど詳しくないのだが、彼に関する噂は結構聞くことがあった。なんといってもこの見た目だ、しかも人当たりが柔らかく愛想がいい。本社のみならず工房の事務の女の子たちにも大人気で、経理に用があるときは誰が書類を持っていくかで騒がしかったりしたのが記憶に新しい。江崎の転籍が決まったとき、女性社員たちはみんながっかりしていたものだ。

だからといって、同性である男性社員からは評判が悪いかと言われるとそうでもない。弦は本社での様子を実際に見たことはないが、分社化の際に請われて転籍したことを考えると頼りにされているのだろう。職人気質《かたぎ》である工房の社員にも受けは悪くなく、本社時代は経理で、今はマネキンの仕様などについてやり取りする際もスムーズだ。物腰が柔らかくいつも笑顔だが、その実頭の回転が速くて要領を押さえた話し方をするため、気難しく短気なベテラン職人ですら好意的だった。

ただ、そんな男なので色っぽい噂話は絶えることなく、江崎が本社在籍時代は仕事で殆ど関わりのなかった弦でさえ何度か耳にしたことがあった。社内の人間には決して手を出さないらしく醜聞の類《たぐ》いではないのだが、如何せん合コン好きを本人が隠さない上に、そういうことに敏感な女性社員たちが「恋人の気配が消える時期がない」と断言するのだ。

それは同じ相手と長く付き合っているのではないかと思ったが、彼女たち曰《いわ》く持ち物や服装などの雰囲気が少し変わることがあり、同じ相手と続いているとは考えられないとのことだった。

気さくでみんなに好かれるけれど、ちょっと摑《つか》みどころがない。結構遊んでいるらしいのは、優しい笑顔の裏側にどことなく危険な匂いを感じるので同性の自分でもわかるのだが、女性社員から悪い話を聞かない。

したがって、遊び人で、既にプロの域に達しているためトラブルを起こさない達人——というのが、弦の中の江崎像だった。

「浮いてるなんて、傷つくなぁ」

心外だと言いたげに江崎が腕を組んだとき、ふわりとフレグランスの香りが漂った。一瞬だけ感じられる程度のものだったが、シンナーの匂いが強い室内では場違い感がさらに強くなる。

「江崎さん、いい匂いする」

くんくんと鼻を動かした弦に、江崎は普段のクールさとは裏腹に思い切り噴き出した。

「吉岡くんって、面白いね」

「え？　あ——すみません」

不躾《ぶしつけ》な行動だったことに気づいて弦は慌てて謝ったが、江崎は気にした素振《そぶ》りではなかった。興味深そうにマネキンを触っている。

そのとき入り口が騒がしくなり、昼食に出ていた職人が帰ってきたのを察知した弦は、三人組の中から進藤の顔を見つけて声を張り上げた。

「進藤さーん！　江崎さん来られてます」

「え？　――あ、どうもどうも」

慌てて小走りでやってきた進藤が江崎と挨拶を交わしているのを眺め、それから弦はぺこっと頭を下げると、昼休み明けの作業に戻るべく自分の持ち場に向かったのだった。

＊

二週間後、弦は都内の檜皮デザインに向かった。本日は修理《リペア》の仕事があるのだ。

一度工房に顔を出して雑務を片づけてから向かったので、到着したのは午後二時過ぎだった。すっかりお馴染みの社員たちと挨拶を交わし、アトリエ室に向かう。

檜皮デザインのビルにアトリエ室を設けているのは、マネキンのちょっとした修理などをするためだ。

工房に送ってもらってもいいのだが、マネキンは非常にデリケートで納品の際はチャーター便を使うくらいだ、一般的な宅配業者を利用するやり取りだと梱包にかなり手間がかかり荷物も嵩張《かさば》る。そのため、簡単に補修できる程度のものなら腕や脚など部分的に外して檜皮デザインに直接持ち込み、アトリエ室で職人が直したあとまた直接社員が持っていく……という形を取っていた。

室内に入った弦は、作業台に段ボール箱が二つ置かれているのを見てバッグを下ろす。

箱は確認のため一度開封されていたので、すぐに中身を取り出すことができた。細かく砕いた発泡スチロールを掻き分け、厚いビニール袋がぐるぐる巻かれているのを解《ほど》くと、中から脚先が出てくる。

同封されている書類を確認するまでもなく、小指の先に黒いスレがついているのがすぐにわかった。

脚先の損傷は珍しくない。ガラスなどで区切ったディスプレイゾーンではなく、店内に直接展示してあるマネキンの場合、陳列棚などを見ながら歩いている客に蹴られてしまうことが多いためだ。

今から落とすか、それとも手がかかりそうな別の修理を先にしようかと腕時計に目線を落としたとき、アトリエ室のドアがノックとともに開いた。顔を上げると、檜皮デザインの実質屋台骨であるチーフの堂上永貴《どうがみえいき》が入ってくるところだった。

「いきなり入ってこないでくださいよ」

口唇《くちびる》を尖《とが》らせてクレームをつけると、堂上は渋面で言う。

「ノックした」

「ノックのあと、中からの返事を待つのが普通でしょ」

「返事が遅いからな」

「ウソウソー同時に開いた今！　細かい作業してるときとか、急にドア開くとびっくりするからやめてくださいよねー」

言い返した弦に、堂上はいっそう渋い顔になった。お互い様だ。堂上が遠慮のない物言いをするから、こちらも抗戦するのだ。

チーフである堂上はサブチーフの江崎と同年代だが、二者の間には決定的な差がある。この檜皮デザインを文字通り支え、切り盛りしているのが堂上だ。

いくら年次が上でもいい仕事をしても、江崎は所詮《しょせん》一介の社員に過ぎない。堂上は違う。檜皮デザインの社長は檜皮製作所の役員が出向して就いている形になっているし、堂上本人に役員などの肩書はないが、彼が一人抜けたら檜皮デザインは立ち行かなくなる。

それだけに堂上の発言権は大きく、かなりの部分で裁量を任されている。檜皮製作所の社長からも一目置かれているのは、ただの職人である弦も知るところだった。

これだけ権力を持っていると、一歩間違えればとんだ独裁者になってしまうと思うのだが、堂上は良くも悪くも現場主義で、出世などの野望にはまったく興味がないらしい。だからこそ分社化するときにかなりの権限を与えられたのだろうかと、出張修理することが多く堂上としょっちゅう顔を合わせている弦は思っているのだった。

首を竦めて不毛な言い合いを流した堂上は、弦が手にしたマネキンの脚をちらりと見やったあと、当然のように言った。

「前回持って帰ったパーツは」

「できてます。はいこれ」

「……」

自分しかいないアトリエ室に来たことから、堂上の目的はわかっていた。緩衝材の中に足首をそっとしまい、弦は工房から持参した箱から布に包んだ腕を出して渡す。

要修理ということでここに持ち込まれたパーツだったが、特注品だったために工房に持ち戻ったものだ。

肘《ひじ》が一部分欠けてしまっていたのだが、パテで埋めて塗料を何重にも吹きつけ、どこに傷があったのかわからないほどに蘇《よみがえ》らせた。

腕を目線の高さまで上げ、片目を瞑《つむ》って眺めて確認した堂上は、傷があった部分を指先で確認するように撫でながら言った。

「いいんじゃないか。これ、お前がやっただろ?」

「……わかります?」

「そりゃな。見ただけじゃわからないが、触ればわかる」

気のない口調で言い、堂上は腕を返すと淡々と告げる。

「吉岡、色気あるボディ作れよ」

「?　もう少し肉つけた方がよかったってこと?　でも原寸と合わせてまったく同じになるように——」

「そういうことじゃない」

緩慢に首を回し、堂上は弦が手にしたままのパーツを眺めつつ言う。

「修理なんだから、原寸通りなのは当たり前。先方も元通りにしてほしくて持ち込んだんだから。俺が言ってるのは寸法の話じゃなくて、完成したときにこう、匂い立つような色気が出ているボディにしろってことだ」

「……」

堂上の言葉に、弦は黙り込んだ。

硬質なマネキンは、どんなに精巧に作ったたって人間の柔らかさは表現できない。ただ、堂上の言わんとすることはわからなくもなかった。

工房にいる数人の職人が作ったマネキンを、数多く見ているのだ。社で統一している基本サイズがあるから、汎用型の場合は同一寸法で作られるのだが、それでも製作者が誰か完成品を見ただけでわかることがある。不思議なことに、同じ『女性型9号サイズ』でも作る人によって違うのだ。

それこそが、この仕事が職人であると痛感するところだった。

吉岡の作るマネキンはどこか無機質だと、先輩に言われたことがある。手先が器用で仕事が丁寧だから、評判は悪くない。しかし、ふと見た瞬間から目が離せない魔力のようなものがないのだろう。

マネキンはもともと無機質じゃないかと反論しなかったのは、自分でもなんとなくそう感じるからだ。山本をはじめとする一部の先輩職人が作ったボディは、間違いなく色気がある。

ため息混じりで、弦はやけっぱちのように呟いた。

「わかってまーす。……この修理は俺メインだけど、須藤《すどう》さんに都度《つど》チェックしてもらうようにって川畑《かわばた》さんにも言われてます」

　完成品から醸し出される独特の雰囲気が持ち味の先輩に見てもらえと、川畑工房長から指示されていたことを伝え、弦はぼやいた。

「堂上さんがそうするように言ったんでしょ」

「……」

　返事はなかったが、ないことが肯定だった。仕事の腕もセンスも確かで、その分要求も容《よう》赦《しゃ》ない堂上を見上げ、弦は拗《す》ねた表情で肩を竦める。

　今はまだ、言われても仕方ない。その自覚はある。けれど、試行錯誤しながら初めて一体を作ってからもう五年。見違えるほど成長できた自信があるから、この先も頑張ればきっとこの男を唸《うな》らせるようなものが作れるはずだと信じている。

　珍しく黙り込んだ弦に何を思ったのか、堂上は先ほどしまったマネキンの脚を出して目を眇《すが》めて検分しつつ口を開いた。

「ま、天性のものがなきゃ、人間のレプリカでしかないマネキンに色気出させるなんてそうそうできるもんじゃねぇよ。お子様なら特にな。もっと経験積むんだな」

　励ますというより揶揄《からか》うようにぽんと頭を軽く叩かれ、反射的に祐輔の顔が浮かんだ。その瞬間、胸がずきんと疼《うず》く。

　確かに、祐輔を好きだと自覚した社会人二年目の頃から、特定の誰かと付き合う気にはな

れずにずっとフリーだった。

けれど、それまでは普通に女の子と付き合っていた。童顔だから男らしさを求める女性たちの受けは今ひとつなかったが、逆に可愛いタイプの男が好きな女性からは人気があるから、付き合う相手に苦労したこともまずなかったのだ。

特に、荒れていた中学時代は背伸びして粋《いき》がる少年少女たちばかりが周りにいて、寂しさを刹那《せつな》の体温で慰め合うようなことがとても多かったから、経験の数だけで言えば同年代の中でも多い方だという自負がある。

頭に置かれた手を払いのけ、弦は脳裏に浮かぶ祐輔の面影《おもかげ》を振り切るように突っ撥ねた。

「あのですね。俺もそれなりに経験あるんで余計なお世話です」

「……」

弦の言葉にぽかんとしていた堂上は、次の瞬間派手に噴き出した。いつも仏頂面《ぶっちょうづら》の堂上の滅多に見られない表情に驚いたのも束《つか》の間《ま》、呆れ果てたように言われる。

「誰がエロ経験だっつったよ。そうじゃなくて、製作経験」

「……え?」

「ベテラン見てみろ、お前の何倍もの作品作ってきて、それ以上に人の作品見てきてるんだ。ラインのちょっとした工夫や骨と肉づきの加減なんかは、たくさんの生身の人間見て頭に浮かんだ完成像を再現できる技術を身につけて、やっと表現できるもんだ」

「……、……」

恥ずかしい思い違いをしたことに気づいた弦が真っ赤になって言葉を失っていると、堂上はあっさりと続けた。

「まぁ、そっち方面で経験積むのも悪くはないかもな。お前自体色気ないから」

「なっ……」

「これはこっちで梱包しとく。そのまま客先に持ってくから、何かあれば連絡する。今回持ち込まれたもののうち、急ぎは……これだな。これ優先でやって」

スレのついた脚を指し、反論の隙《すき》も与えずさっさと部屋を出ていく背中を見送って、やがて弦はがっくりと肩を落とした。ふつふつと湧いてくる苛立《いらだ》ちに任せて独りごちる。

「だからそこそこ経験あるっての」

ぼやいても、苛立ちの原因はもういないのでぶつけるあてもない。のろのろと椅子《いす》を引いて堂上が箱に入れた足首を取り出し、弦は嘆息した。

時計を見て、次に汚れの具合を確認する。顔につきそうなほど近くまで脚を持ってきて凝視し、これならすぐに直せると判断して、弦は棚から専用の薬品を出したのだった。

持ち込み三つのうち二つしか無理だろうかと思っていたものの、予想外に作業が捗《はかど》ってすべて綺麗《きれい》に直せたので、弦は気分よく午後六時に檜皮デザインのビルを出た。

本日は金曜日。明日明後日《あさって》は休みなので、週末は都心を満喫して日曜の夜に青梅に帰るつもりだ。

都会信奉者というわけでは決してないのだが、生まれ育ちが都区ということもあり、都心は遊び慣れている。何より、人が集まっている分誰かと会うのに都合がよく、檜皮デザインで仕事がある日は必ずといっていいほど夜の予定を入れるのだ。

今夜は高校時代のクラスメートと飲む約束を取りつけた。弦の住むアパートは工房の近くにあるため、上京するときは宿の手配が必要になるのだが、この週末はその友人のマンションに泊めてもらえることになっている。

浮かれた気分で大手チェーン店の居酒屋に行くと、待つこと数分で相手がやってきた。高校で同じデザイン科にいた矢萩《やはぎ》という男だ。今は印刷会社に勤務していて、印刷業務ではなく年賀状や名刺などのデザインに携わっている。

偏差値がお世辞にも高いとは言えない高校だったので、生徒の質もばらばらだったが、この矢萩は将来美術系で生計を立てたいという明確な目標があり、一般科目の成績は今一つだったものの専門教科ではかなり真面目だった。そこが弦との共通点で、高校を卒業してからもこうして連絡を取り合う仲だ。

ジョッキで乾杯したあと、他愛ない話をする。今日はもっぱら矢萩の愚痴《ぐち》だった。今年入ってきた新入社員が使えないらしい。

「使えないって、たとえば？」

「折衝ヘタなんだよ。俺らはさぁ、クライアントの希望通りのもの作ろうとしてんじゃん。なのに客とこっちの間に上手《うま》く入れねぇんだよ。客は怒るし俺らはやったこと無駄になるし」

「えー、それって最悪じゃん」

「だろ？　やり直しの連続でサービス残業の嵐とか、マジ勘弁って感じ」

矢萩の言わんとするところは、弦もよく理解していた。

檜皮製作所も、実際にマネキンを作っている職人が、発注者である取引先と顔を合わせることはない。すべて本社の営業が間に入っている。

出身校が出身校だから、メーカーやデザイン会社に就職した友人が多い。彼らの大半が、同じ社であるはずの現場と営業の乖離《かいり》に怒っている。ホワイトカラーがブルーカラーを見下すとか、不況のご時世契約を取ってくる営業が第一で現場は言われたとおりの物を作ればいいとか、不満を語り出すときりがない。

ただ、自分の会社は恵まれていると弦は知っていた。

客と直接やり取りをすることはないが、創業者が製作者だったところから始まった老舗《しにせ》だからか、現場が蔑《ないがし》ろにされていると感じることはあまりない。やり取りは基本的に図面だ。ソフトを使って立体で起こした図面を元に、営業と客先がやり取りする。完全に合意してから図面が現場に回ってくるので、こんなはずではなかったなどのクレームが入ることはまずない。

「なんでそうなんの」

「思い込みが強《つえ》ぇんだよ。間に入ってるだけなんだから互いが言ったことをまんま伝えりゃいいだけで、足りない部分がありゃその都度確認するからそれでいいのに、その足りない部分を勝手に想像して埋めてくるからややこしくなる。ただの営業で現場やったことねぇんだから、知ったかで首突っ込まないでいいのによぉ」

ブツブツとぼやき、矢萩は焼き鳥の串《くし》に噛みつきながら言った。

「これだから大卒って駄目。よけいなプライドあるからこっちの話なんか聞きゃしねぇし。確かに現場は殆ど高卒か専門だけど、お前らよりよっぽどわかってるっての」

「やだね、それ」

相槌《あいづち》を打ちつつ、弦は祐輔の顔を思い浮かべ、大卒の彼も会社でこんなふうに言われてしまっているのだろうかと少し心配になった。祐輔が就職した会社は一流だが、メーカーだ。現場は関連会社の社員が回しており、大半が高卒の彼らとやり取りすることも多いと以前聞いたことがある。

「そういやさ、何てったっけ。吉岡の兄貴……つか元兄貴」

「えっ⁉」

ちょうど祐輔のことを考えているときだったのでぎょっとしたが、矢萩は意に介したふうもなく続けた。

「まだ会ってんの？」

「んー…会ってるよ、一ヵ月に一度くらい」

「マジかよ。結構会ってんな……親離婚して関係ないんだろ、なんでまた」

「俺のことが心配なのかも」

中学の終わりに改心したので高校で出会った矢萩に黒歴史を直接知られているわけではないが、そこはあの手の高校に進学した者同士、なんとなく察する匂いがある。事実、弦の知る矢萩も決して不良ではなかったが、高校入学までにそれなりの汚点があったことは言われるまでもなく察している。

弦の応えに、矢萩は目を剝《む》いた。

「ゲー、うっぜぇ！　もう縁切れたのにまだ監視してんのかよ」

「あーいやいや、そういうんじゃない」

慌てて首を振り、弦は弁護した。

「最初に用事があるから会おうって連絡来たのが離婚直後、俺の高二の冬休み。で、その後は特に用事がなくてもちょくちょく連絡来るようになって」

「用事？」

「ほら、俺んちって俺が中二から高二のときに親が再婚してたじゃん？　うちはもともと金ないし、俺も勉強も嫌いだから中卒で働くつもりだったんだ。俺があの高校行けたのって、あの時期たまたま金もってるおっさんが俺の母親と再婚してたから。あの人が入学金とか全部払ってくれたんだよねー。高二の冬休みんときはもう離婚してたんだけど、俺の三年の学費どうすんのか、母さんの元旦那《だんな》が祐輔さん経由で確認してくれた感じ」

「……そっか。離婚したら、義理息子の学費なんか払う必要ねぇしな」

「うん。だけどその人高給取りだったから、離婚したあとも一年だけなら払ってやってもいいかな～みたいに思ったっぽい。自分の収入アテにして進学先を決めたんだろうから、途中で放り出すのは悪いと思ったみたいでさ。祐輔さんづてに『進級するつもりなら、学費の心配はしなくていい』って」

「ま、ウチのガッコ高かったしな」

「専門科だとそうなるよね。あの人が最後の一年の学費払ってくれなかったら、俺二年の終わりに中退コースだった」

金は出すが、会うのは御免――何を血迷ったか水商売の女と再婚してしまったエリート中年の、それが本音だったのだろう。祐輔を介して進級の希望を確認されたとき、元義父の対応に感謝こそすれ詰《なじ》る気持ちはこれっぽっちもなかった。

家族と思えなかったのは、こちらも同じだ。楠田父子はあくまで『一時的な同居人』であり、父親や兄だと思ったことなど一度としてない。

不仲だったというわけでは決してない。むしろ、上手くいっていた方だろう。育ってきた環境から弦はドライだったから、楠田父子もいずれは出ていく存在だと最初から割り切って、過度の馴《な》れ合いや期待をせずに一線を引いて接していた。義理の父親となった楠田も、小さな子どもならともかく反抗期真っ盛りの中学生に父親面することなく、適度な距離を保っていた。

家族とはとても呼べない関係だったが、トラブルはなく、傍目《はため》には普通の家庭のように映っていたのではないだろうか。

そして弦は、そんな自分を不幸だと思ったこともなかった。

そもそも、血の繋がった母親でさえ、家族と認識していない。彼女がいたから自分が生まれたと頭では理解していても、世間一般の母親像とかけ離れた彼女を恨むでもなく過ごしてきたのは、一切の期待が最初から持てなかったからだ。

もともと一人息子より男を優先するタイプの女だったが、弦が自立した今はいっそう疎遠になった。盆暮れに会うこともなく、最後に顔を合わせたのはいつだったか考えても、すぐに思い出せないほど。

そう思うと、一滴も血が繋がっていない祐輔がもっとも近い存在になるが、やはり家族とは思えない。弦にとって祐輔とは、近所の幼馴染《おさななじみ》みたいなものだった。隣に住んでいる、優しくてちょっと年上のお兄さん――そう表現するのがいちばんしっくりくる。

それからもしばらくだらだらと飲んで、店を出たのは午後九時だった。時間を確認した矢萩は、弦を振り返って尋ねる。

「うち泊まんだろ？　どうする、もう行く？　それとももうちょっと遊ぶ？」

「矢萩がよかったら遊びたい」

「オッケー。じゃ、カラオケかダーツか……ビリヤードってとこ？　んー、ビリヤードなら割引券あったような気が……」

都心から離れたところで働く弦の気持ちを慮ったのだろう、矢萩はすぐに乗ってくれた。しかしその瞬間、割引券を探すべくバッグを探っていた矢萩が持ったままのスマートフォンが、大音量で鳴り響く。

「わり、ちょっとゴメン」

液晶を見た瞬間顔を顰《しか》め、矢萩は画面を親指で押した。ぶっきらぼうな口調ながら丁寧語で喋っているところを見ると、会社からかかってきたものらしい。

しばらく通話したあと、矢萩はスマートフォンをジーンズのポケットに捻《ね》じ込み、申し訳なさそうな顔で言った。

「例のアホ大卒からかかってきやがった。なんかトラブってんだとよ」

「えっ、大丈夫なの？」

「わかんね。とりあえず呼ばれたから行ってくる。ちょっと待って、えっと……これ鍵」

キーホルダーも何もついていない鍵を渡され、弦は受け取りつつ尋ねる。

「これって合鍵？　俺がいなくても矢萩部屋に帰れんの？」

「帰れる帰れる。だからまだ外いてもいいし、好きにしてくれれば。前も言ったけど、ウチの駅に停《と》まる最終は零時三十七分発な」

口早に告げ、矢萩は今にも駆け出しそうな雰囲気で続けた。

「悪い！　片ついたらメールするわ！」

「気をつけてー！」

途中から駅に向かって走り出した矢萩の背中に手を振り、やがて姿が見えなくなると、弦は手の中の鍵を見つめてため息をついた。矢萩は構わないと言ってくれたが、家主のいない部屋に入るのは気が進まない。

マナー的な意味ではなく、昔ふらふらしていた頃こんなふうに気安く部屋を貸してくれる友達が何人かいて、たまにトラブルになったからだ。部屋の物が失《な》くなっただの言われたり、家主の彼女がやってきて迫られたり、あまりいい記憶がない。

仕方ない、時間をつぶすか……と思い、弦はとりあえず駅に行くことにした。この辺りは飲み屋街で、チェーン店の居酒屋やバー、クラブなどしかない。駅前まで出ればファストフード店や漫画喫茶がある。

人通りの殆どない路地を歩きながら、弦はスマートフォンでメールを打った。いずれも区内在住、区内勤務の友達だ。一人で時間をつぶすのは寂しいので、誰か捕まらないだろうかと望みを抱きながら数通のメールを送る。返事が来るまで駅前の適当な店で待てばいい。

しかし、送信中にもどんどん返ってくるメールの返事は芳《かんば》しくないものばかりで、弦はため息をついた。残業中だったり、金曜日だから予《あらかじ》め予定があったりする友人たちを、付き合いが悪いと責められない。

角を曲がり、人が増えたのでスマートフォンをパンツのポケットにしまって、弦はどうしようかと思案しながらせっせと歩いた。酔っ払いが多く、注意して歩いていても人とぶつかりそうになることがある。

そのときふと、視界斜め前方の背中に見覚えがある気がして、弦は眉を寄せた。

件の男は、通りを歩く人の邪魔にならないようにか、細い路地に続く角に立っていた。電話でもしているのだろうか、ときおり頭が動いている。

細身だが、背が高く弱々しい感じはない。心持ち明るめに染めて癖《くせ》を自然に生かした髪、ラベンダー色の洒落たシャツ。長身のせいか少し前屈《まえかが》みになった立ち姿まで、記憶にあるものと一致している。

半信半疑で、弦は男に近づいた。近づくにつれ、確信に変わった。間違いない、あれは江崎だ。

いい相手が見つかったとばかりに顔を輝かせる。江崎なら、ほんの数時間の時間つぶしに付き合ってくれるだろう。同じ会社とはいえ本社と関連会社勤務だが、社交的な江崎には夕イミングが合ったときなどに何度か食事に連れて行ってもらったことがある。人当たりがよくノリのいい江崎だから、今夜だって「しょうがないなぁ」と言いながら付き合ってくれるはず。

「江崎さ……」

しかし、声をかけた瞬間、弦は心底後悔した。

振り返った江崎の後ろから、彼より小さな男が顔を覗かせる。度々《たびたび》頷くように頭が揺れていたのは、電話していたからではなく彼と話していたからなのだとようやく気づいた。

ただ、それだけなら後悔しない。このまま隠れてしまいたいとまで思ったのは、江崎と話していた男が明らかに泣いていたからだった。

しかも二人は独特の雰囲気で、あまりこういうことに敏《さと》い方ではない弦でさえ、彼らが普通の友人同士ではないと直感的にわかってしまった。こんな往来で大胆な……と思ったが、その路地を進めばその手の話題で有名な場所に通じているとすぐに気づいてしまう。

二人がこちらを見たまま微動《びどう》だにしないので、弦は気まずい思いで、やむなく江崎の近くで足を止めた。向こうが動かなかったのは、こんな状況で唐突に明るく声をかけられたからに相違なく、居たたまれなくなる。

「ご……ごめ」

弦が言いかけたとき、目を丸くしていた江崎が立ち直ったらしくいつもの笑顔になり、口を開いた。

「誰かと思ったら吉岡くんか〜。びっくりした」

「……すいません」

「なんで謝るの」

気にしていないと言外に滲《にじ》ませ、江崎はきょろきょろと視線を動かす。

「一人？　こんなとこで？」

「あ……いえ、さっき友達と別れたとこなんです。あとでまた合流するんで、それまで時間つぶそうと思って」

「あ、それで俺に声かけたってこと？」

「えー……っと、いや、たまたま目に入ったんで挨拶しようかな……って……」

弦が話すと、それまで黙って俯いていた江崎の連れの男が顔を上げた。もう涙のあとはなかった。

「俺はここで。貴之さん、ありがと。ごめんね」

「ううん。元気出して。またね」

「あ、ちょっ！」

江崎さん、貴之って名前だったんだ……と思う間もなく別れの挨拶を始めた二人に、弦は焦って声を上げる。

「お――俺が行きます。お邪魔しました、すいません」

「別にお邪魔じゃないよ。俺たちちょうど帰るとこだったし。ね？」

江崎の問いに、男はこくりと頷いた。そんなふうに言われたら頷くしかないだろうと慮り、なおも辞去しようとした弦だったが、男はやや痛々しいものの笑みを浮かべて江崎に別れを告げる。

振り返らずに駅に向かう背中を呆然《ぼうぜん》と見送っていると、江崎が腰に手を当てて弦に向き直った。

「さ、じゃあ『時間つぶし』しよっか」

「……えっと」

普段通りの飄々《ひょうひょう》とした声で言った江崎に、弦は戸惑いつつ首を振る。

「江崎さん、追いかけなよ。ほんとごめん、俺が空気読まずに声かけたから……」

「空気？　どんな？」

「どんな、って……」

口ごもった弦を、江崎はしばらく眺めていた。やがて目を細めて笑い、やや乱暴に弦の髪をぐしゃぐしゃと撫でる。

「ちょっ！　やめてくださいよっ」

「あはは、吉岡くん可愛いなぁ。ちょっと呑もうか」

「え……」

「時間つぶすんだろ？」

口調も態度もソフトながら、なぜか反論できない雰囲気だった。いいのだろうかと、もう後ろ姿さえ見えなくなった先ほどの男の顔を思い浮かべながら、弦は江崎についてすぐ近くの店に入った。

「呑もうか」と江崎は言ったが、店はバーの類いではなくカフェだった。カフェといっても深夜まで営業しているせいか場所柄か、女性が集うお洒落な店とは言い難い。客層は外国人が多く、独特のムードのある店だった。

先にオーダーする形式で、江崎に倣《なら》ってアイスカフェモカを注文した弦は、渡されたグラスを手にテーブルに向かう。

背の高いスツールに飛び上がるように身軽に腰掛け、掛けていたバッグを空いた席に載せた弦は、中から財布を出そうとして止められた。

「いいよ、これくらい」

「でも江崎さんは俺の上司じゃないし」

「年上だから。……っていうか俺、一緒に食事したとき吉岡くんに払わせたこと一度もないでしょ」

「えへへ。ご馳走《ちそう》さまです」

ちゃっかりと厚意を受け取って笑みを見せた弦に、江崎はやれやれと笑っただけだった。丸テーブルの中央に置かれていたアッシュトレイを遠ざける江崎の長い指を見て、そういえば彼は喫煙の習慣がないのだったと思い出す。

ストローの袋を破りながら、弦は言った。

「心配しないでいいよ、江崎さん。俺、さっき見たこと誰にも言わないから」

「んー？」

「これ奢《おご》ってくれたし、口止め料ってことにしときます」

冗談混じりで終わらせようとしたつもりだったが、江崎の反応は弦が想像していたものと少し違っていた。ストローを使わずに直接グラスに口をつけた江崎は、事もなげに言う。

「別に言ったっていいよ。ここに来たのはそんなつもりじゃないから」

「……え？」

「まぁ、あれだけ人がいるところでまさか吉岡くんに会うとは思わなかったけど。本当に誰にも見られたくないなら、あんな目立つところにいないしね」

あっけらかんと言って、江崎は長めの前髪を掻き上げた。ライトのボリュームを絞っている店内で、その仕種はやけにアンニュイに映り、弦は中途半端にストローを咥《くわ》えたままぽかんとしてしまった。

自分を凝視する視線に気づいたのか、再びグラスに口をつけようとしていた江崎がふと目線を上げ、固まったままの弦を見て噴き出す。

「何、どうしたの」

「……」

「いつも元気な吉岡くんらしくないなぁ。そんなにショックだった？」

「……っ」

小首を傾げるように尋ねられ、弦は勢いよく首を振った。その拍子に、江崎が慌てた様子で「零《こぼ》れるよ」とグラスを押さえる。そういえば持ったままだったと気づき、弦はグラスをテーブルに置くと落ち着かない気分で尋ねた。

「……追いかけなくて、よかったんですか」

「うーん？　彼が追いかけてほしいのは俺じゃないからねぇ」

「え？」

「今の相手とちょっと喧嘩《けんか》しちゃったんだって。それで相談に乗ってただけ」

「そうなんですか」

答えを聞いても、知人が同性愛者ではないのだという安堵感《あんどかん》はなかった。どう見たって、あれはただの友人という雰囲気ではなかった。もっと親しい、言うなれば見えない一線を越えて境界線が曖昧《あいまい》になった一対の二人に見えた。

弦の思っていることがわかったのだろう、江崎はまったくいつもと変わらない口調で続ける。

「まぁ、元カレだけどね」

「ぐっ」

気持ちを落ちつけようとストローを咥えたところに爆弾を落とされ、噎《む》せそうになったのを無理に堪《こら》えたせいで変な声が出た。すぐに激しく咳《せき》をする弦に、江崎は苦笑しながら長い腕を伸ばし、背中を叩く。

涙目で江崎を見上げ、弦はかすれた声で質問した。

「江崎さん、ホモなの?」

「ははっ、さすが吉岡くん、直球」

これまでの話しぶりは江崎さんも充分直球ですと思ったが、弦は懸命にも口に出すことはしなかった。江崎の持つ柔らかい、それでいて摑みどころのない雰囲気のせいか、あけすけな人だとはまったく感じないのが不思議だ。むしろ、何もかもオブラートに包んだ優しい物言いをしている気にさえなってしまう。

そう思いながらも彼の話が真実だと理解するのは、話の内容がとても冗談では済まされないものだからに相違ない。

ペースが狂いっぱなしの弦の前で、相変わらずマイペースな江崎は勿体《もったい》ぶることなく答えをくれた。

「半分正解」

「半分？」

「俺ねぇ、付き合う相手の性別にはこだわらないんだよね。いいなと思った人がタイプ」

あっさりと言い、江崎は片肘で頬杖《ほおづえ》をつく。

好きになった相手がタイプ、それはよく聞くパターンだ。しかし性別という大前提が取っ払われてしまったら、その範疇《はんちゅう》は広すぎる。

「そ、う……です、か。……でも、それだと誰でもいいって聞こえるよ……」

「安心してよ、吉岡くんには手を出さないから。って、そうじゃないよ。俺だって好みはあるよ」

笑いを交えて素直に質問に答えてくれる江崎に、弦は不躾だと思いつつ重ねて聞いた。

「どういうのが好みなんですか」

「綺麗な人」

さくっと言われて、脱力する。江崎自身が相当綺麗な顔立ちなのだ、その彼が言う『綺麗』

はハードルが高すぎて、それならかなり絞られる。

先ほどの泣いていた男もやたら端整な顔立ちをしていたことを思い出せば、ぐっと説得力が増した。

そして、君には手を出さないと言ったのも頷ける。自分は間違っても綺麗系じゃない。

少し考え、弦は言った。

「ウチで言うと、羽根《はね》くんみたいな?」

檜皮デザインに勤める清楚《せいそ》な青年社員、羽根理《さとる》を思い浮かべた弦に、江崎は頷く。

「あー、羽根くん確かに綺麗だね。でも羽根くんとどうこうってのもないけどね。人のものに手を出すほど困ってるわけじゃないし」

「えっ⁉ 羽根くん彼女いるんだ……聞いたことないよ」

「さぁ、俺も本人から聞いたことはないけど。でも俺、こういうのの勘は外さないんだな」

片方の口角だけを上げてにやりと笑った江崎に、弦は口ごもった。いかにも聡《さと》そうな江崎のことだ、絶対そうなんだろうと思う。そして自分は壊滅的に、そっち方面のアンテナが働かない自覚がある。

歳《とし》が近いということで親しくし、職場を離れて何度か食事に行ったこともある理に恋人がいたというのは、少なからずショックだった。結構いろいろ話したと思っていたが、向こうはそうでもなかったらしい。

萎《しお》れた弦に敏感に気づき、江崎がフォローする。

「ま、羽根くんがフリーかどうかは置いといて。さっきの吉岡くんのも、別に吉岡くんが綺麗じゃないって言ってるわけじゃないよ。ほら、仕事関係の人だと、いろいろ面倒じゃない」

「そりゃ……まぁ」

「世の中にはたくさんの人がいるんだから、何もわざわざリスクの大きいところで遊ばなくてもね」

「……」

遊ぶ、という一言をあまりに堂々と言った江崎に、弦は心底呆れてしまった。ただ、嫌悪感はなかった。

その気にさせてのらりくらりと責任から逃げながらキープするより、正直に告げて付き合う方がましだと思う。江崎の恋愛関係の華やかな話はたまに聞くが、修羅場《しゅらば》になったなどの醜聞を耳にしたことはなかった。

こういうポリシーの男だから、割り切って楽しめる相手しか恋愛対象にしていないのだろう。双方が納得しているなら、第三者がどうこう言うこともあるまい。

グラスを見ているふりで俯いたまま、弦は視線だけちらりと上げて江崎を眺める。

薄暗い店内で、落ち着いた様子でグラスを傾けるその姿は、なんだか自分とは次元の違う何かに見えた。上手く言えないが、酸《す》いも甘いも嚙み分けた大人に見えるというか、自分には想像もつかない何か特別な経験をしてきたように感じられるというか、とにかく初めて遭遇したタイプのように映ったのだ。

どことなく得体の知れない、こちらからは測りかねない何かを感じてしまう理由——どうしてなのか、薄々わかっている。

彼が同性とも付き合うのだと知ったからだ。

「……」

黙り込んだ弦に、江崎も喋らなくなった。そっと窺うと、右肘で頬杖をつき、店内のどこか一点をぼんやりと眺めているアンニュイな姿が映った。先ほどの彼のことを思い出しているのだろうかと思った瞬間、弦の心臓が早鐘《はやがね》を打ち出す。

ずっと——ずっと前から抱えている、このもやもやした気持ち。

三年間だけ同居した元義理の兄が好きなのかそうでないのか、いつも自問自答していた。どう思うのかと問われれば、好きだと胸を張って言える。けれど、祐輔と性的なことをする自分はどうしても想像できない。セックスはおろかキスも、考えようとしても何故《なぜ》かまったく思い描くことができない。

向かい合わせに座ったときの昂揚《こうよう》も安心感も、紛れもなく恋だと思うのに。あの澄んだ目に自分がどう見えているのか、とても気になっているのに。

鼓動が大きくなり、急《せ》かすように速くなって——口が勝手に開いていた。

「あ、あの」

緊張のせいか、声が引っくり返ってしまった。頬杖をついていた腕をずらし、目を丸くしてこちらを見ている江崎の視線から逃れるように、弦は水滴を纏《まと》い始めたグラスを手持ち無《ぶ》沙汰《さた》に弄《いじ》りながら言う。

「俺の友達の話なんですけど」

「友達？」

「ん。前から相談されてて、でも俺にもよくわかんなくて」

そこでいったん深呼吸して、弦は顔を上げると江崎の目を見つめた。

「そいつ、女の子としか付き合ったことないんだって。だけど気になる男がいるらしいんです」

「……ふぅん。気になるって、そういう意味で？」

「それがわかんないらしくて」

「ん？」

わけがわからないと言いたげに秀麗な眉を寄せた江崎の顔を見て、弦は慌てて取り繕う。

「そいつが言うには、その人——近所のお兄さんみたいな感じらしいんだけど、その人のこと考えると好きだなって思うんだって。だけどその人とどうこうなりたいとは思ってないんだって」

「男同士だから、相手に迷惑かかるし言わないって感じ？」

「んー…、というより、ほんとに好きかどうか自分でも自信ないって……言ってました」

弦の話に、江崎はますます意味不明だというような表情になった。それでも茶化したり呆れたりせずにいてくれることにひっそり感謝し、弦は少し考えたあと、できるだけ伝わりやすいように考えながら喋る。

「えっと、好きなのは間違いないみたいです。そいつ、今まで何人かの女の子と付き合ってきたけど、そのとき感じるのと同じ感覚だって言ってた。でも自分が男を好きになるとは思えなくて、実際好きだって感じるのもその人だけらしくて。その人のことが気になるようになってから、その人以外の誰かと付き合う気が全然起きないらしいんです」

「ふぅん。それなら間違いなく好きでしょ」

「でも、その人とどうこうなってる自分も想像できないみたい。どうこうっていうのは……エッチとか、そういうの」

「……なるほど」

全部理解はできなかっただろうが、弦の下手な説明でも江崎はとりあえず頷いてくれた。その反応を見て安心する半面、足下《あしもと》から冷気のようなものがひやっと上がってきたのも感じた。

言って、しまった。この曖昧な気持ちを自覚してからというもの、誰にも打ち明けたことがなかったのに、それほど親しいとも言えない江崎に言ってしまった。

先ほどとは別の意味でどきどきしてきた鼓動を必死で宥《なだ》めていると、江崎はしばらく考えたあと、ぽつりと呟く。

「その相手の男は、吉岡くん――の、友達のことどう思ってるんだろ？」

「え？」

自分では考えもしなかった一言に、弦はきょとんとする。

固まっている弦を一瞥《いちべつ》したあと、江崎は残り半分ほどになったグラスを揺らしながら、気のない声で言った。

「だってそうじゃない？　男か女かの前に、お互い好きかどうかでしょ。恋愛は二人でするんだからさ」

あっさり言って、江崎は再び片肘で行儀悪く頬杖をついた。

「その友達も、それだけ迷ってるってことは、かなり長い間相手のこと観察してるんじゃないかなぁ。そしたら、自分のことどう思ってるのかだいたいわかるじゃない。脈ありそうだったら言ってみていいんじゃないかと俺は思うけど」

「……」

「あ、当然だけど脈が全然なさそうで、かつこれからも付き合いを続けたいなら黙ってた方がいいだろうけどね。脈がありそうか、なさそうでも告白をきっかけに関係が途切れてもいいくらいの覚悟があれば、俺だったら言っちゃうな」

「……男同士でも？」

「男同士でも男女でも、そこは同じでしょ〜。男女だって、好きじゃない相手から告白されたら、その後気まずくてこれまでと同じように友達ではいられないって人わりといるんじゃない？　俺はそういうの気にしない方なんだけど、自分は少数派だと思ってるしね」

熱っぽくなく、むしろ淡々とした口調だからこそ、弦には逆に説得力をもって響く台詞の数々だった。江崎の言葉はシンプルで、彼の言ったことすべてに賛同するわけでなくても、そういう考え方もありだなと率直に受け止めることができる。

俯きがちになっているせいで落ちてくる前髪を弄りながら、弦は言った。

「相手がどう思ってるか……ってのは、たぶんそいつわかんないと思う」

「そう？　好きだーって一方的に想い慕らせてるならわからなくても不思議じゃないけど、自分の気持ちにも自信が持てなくて、悩んでるくらいなんだろ？　それって、これまで女の子しか好きにならなかったのに彼だけどうして気になるんだろうって、注意深く見てるもんだと思うんだけどなぁ」

もっともな発言に、弦は言葉を選びつつ告げる。

「近所のお兄さんって言ったじゃん。向こうはその友達のことすっげ可愛がってて、もう別格っていうか特別なんですよ——特別らしいんですよ。だから、恋愛って意味で好きだと思ってくれてるのか弟みたいに思ってるのか、よくわかんないんだって」

「あー…なるほど。それは微妙だな」

合点がいったと頷き、江崎はしばらく空を見て考え込んだ。

それから弦に向き合い、口を開く。

「それで、その『友達』は最終的にどうしたいんだろ？」

「……最終的」

「自分の気持ちがはっきりするまで今のままで……って、思ってるんじゃないよな。吉岡くんに相談するってことは、たぶん。さっきも言ったけど恋愛は相手あってのものだしねぇ、ぼんやり待ってる間にほかの誰かとくっつく可能性があるんだから」

「……それは、わかってると思う。だから最終的に……最終的に、早く自分の本当の気持ちがどうなのか、知りたいんだと思います」

——そう答えた瞬間、弦ははっとした。

男同士だの元義兄弟だの、ファクターがありすぎて自分の中でとっ散らかっていたが、突き詰めればそこだ。自分の本心がどうなのか、まず見極めたい。

告白も、想いを秘め続けることも、まず好きだという確信がないと何もできない。

「そっか」

うんうんと頷いて、江崎は達観した表情で言った。

「まずはそれからだよな。じゃあ……もう今さら変に焦らないで、じっくり観察していったらいいんじゃないかな」

じっと見つめられ、弦はもじもじ動いてスツールに座り直した。

江崎は『さほど親しくない同僚の友人』の話にもかかわらず親身に聞いてくれ、とてもありがたかった。江崎には『友達の話』として打ち明けたが、何のことはない自分自身の話だ。

江崎が話したことを丁寧に思い出し、一言一言噛み締めるように胸に刻む。

弦が黙り込み、微妙な沈黙がテーブルに落ちかけたとき、江崎がさり気ない口調で言った。

「薄くなっちゃったね。新しいの頼もうか」

グラスを示されて視線を向けると、彼の言うとおりグラスには大粒の水滴がついており、氷はすっかり融《と》けていた。薄まったところと本来の色がグラデーションになっているのではなく、完全に上下で分離している。長い間グラスを持たずに放置して、話に没頭していた証拠だった。

反射的に腕時計を確認した弦は、思っていたより時間が経っていたのに気づき、江崎に一言断るとスマートフォンを取り出す。

「あ、時間まずいかな」

「いえ、だいじょぶです」

矢萩からのメールはまだなく、彼のマンションに行く路線の終電にも余裕があったので、弦は首を振った。

「それじゃあ買ってくる。何がいい？」

立ち上がった江崎に弦も慌てて立ち上がったが、構わないと制されてしまった。適当なドリンクを頼み、弦はもう一度スツールに座り直す。

江崎が弦の前からグラスを取っていくとき、ふわりとフレグランスが香った。清涼な中にも甘さのある香りに同性ながらどきっとした。

カウンターでオーダーしている江崎の背中を見ながら、祐輔の顔を思い浮かべる。

祐輔は香水の類いをつけていない。お洒落や夜遊びとは縁遠く、生真面目《きまじめ》な性格だ。先日会ったときも、恋人の存在は特に感じなかった。きっと仕事が忙しいに違いない。

それでも時間を割いて縁が切れた元義弟と会ってくれるのは、やっぱり好ましく思ってくれているからではないだろうか――ループに陥りかけ、弦はかぶりを振った。

先ほど江崎にも言われて気づいたばかりではないか。まずは自分の本心を確認するのが一番だ。

「お待たせー」

軽い調子で新しいグラスを差し出され、弦は小さく噴き出しながら受け取った。礼を言い、今度は自分が出すと言ったが、江崎は頷いてくれなかった。

スツールが高いせいで脚を行儀悪くぶらぶらさせながらストローを咥えていると、江崎が感心したように言う。

「吉岡くん、こんな時間なのに元気だよね……」

「あっ、江崎さん疲れてます？　ごめ――」

「あぁいやいや、俺は平気。昨日深夜まで現場で、今日は昼まで寝て午後出勤だったから。でも吉岡くんは今日も朝からだったんでしょ」

「ん、工房行って昼食べて、午後からこっち来ました」

「それで友達と食事して、夜はまだまだ遊ぶんでしょ。若いよな……」

半ば揶揄《やゆ》するように笑った江崎だが、彼が言うとなんだか変な感じがするのも事実だった。三十代といえば、二十代半ばの弦にしてみればオッサンの括《くく》りに入るのだが、江崎は間違ってもオッサンではない。ちゃんと三十代に見えるし、動作はどちらかというと落ち着いている方で潑剌《はつらつ》さもないが、印象が若いのだ。

それからは他愛ない話をした。少し沈みがちになってしまった雰囲気を変えようと、江崎がわざと話題を切り替えたのがわかって、こういうところが女性から人気なのだろうなと確信する。

いや――女性だけでなく、たぶん男性からも。

先ほど見かけた、泣いていた若い男を思い浮かべ、弦はストローを噛んだ。

綺麗なあの男も、江崎の当たりの柔らかさを好ましく感じているのだろう。だから、別れたあとも相談したりするのだ。

矢萩から連絡があるまで夜のカフェで当たり障りのない会話を交わしながら、弦は江崎の整った面立ちを眺め、そんなふうに思ったのだった。

*

終業時間になり、職人たちが次々とロッカールームに向かう。

溶剤を扱っているため仕事が一段落しないと帰れないのだが、そこはみんな慣れで時間調整が上手く、よっぽどの繁忙期以外は八割方の職人が定時で上がっていた。

いつもは残って勉強や練習に励む弦だが、今日は違った。手早く片づけてロッカールームに向かい、服を着替える。

「おう吉岡、試験合格したって？」

「そうなんですよ！　見てくださいっ」

ロッカーに突っ込んでいたバッグを引っ張り出し、中から合格通知ハガキを出して胸を張ると、弦の後ろで作業着に着替えていた職人の甚内《じんない》が楽しそうに言った。

「ちょっとだけ給料上がるし、何か奢れよ」

「え⁉」

「嘘だよ、後輩に奢らせる真似《まね》しねぇよ……って言いたいところだけど、その反応が気に入らないからやっぱり奢れ」

「えええ⁉」

そこでロッカールーム内にどっと笑い声が上がった。全員の反応から、この場でいちばん若い自分に奢らせようという気など毛頭なかったのだと気づき、弦は照れ笑いしながら襟足《えりあし》を掻く。

弦が見せたハガキは、先日渋谷で受験した危険物取扱者試験の合否通知だ。勉強が苦手だったのは変わらず、三度目の受験でようやく合格となった。都内の試験はほぼ毎週土曜日に行われているが、せっかくの週末に都心に出たというのに試験後は気持ちが落ち着かなくて、誰とも遊ばず帰ってきてしまった。

甚内に言われたように、乙《おつ》4類の免許を持っていると若干給与が上がる。職人全員に必要な資格ではなく、法律では既定の建物内に資格保持者が一人いればいいということになっているので弦にとって必須免許ではないのだが、頑張って勉強したのだ。

給与アップももちろん目的の一つだったが、自分の扱う薬品について詳しい知識を身につけておきたいというのが受験の動機だった。

嬉しくて、ハガキが届いた日にもう何度も確認した文面をまたしても読んでいると、横から肩を叩かれる。

「そんで浮かれてハガキ持ち歩いてんのか、失くすなよ〜？」

「ち、違いますよ！　免許申請すんのに今日の昼休み役所まで書類もらいに行かないといけなかったから、それで持ってきたんです。戸籍謄本とかいろいろ、何がいるのか憶えらんないし。一応、いるものは全部揃《そろ》えたはずだから、今から確認して準備しますっ」

「おー、今日申請すんのか。それで珍しく上がりが早いんだな」

目を細めたベテラン職人は、自分が取得したときのことを思い出して懐かしくなったのか、声を弾ませた。

「じゃあ吉岡が無事免許を手にできたら、俺が何か奢ってやるよ」

「マジですか！」

弾《はじ》かれたように姿勢を正した弦を見て、その場にいた全員が目を丸くし、一拍置いて先ほどよりも大きな笑い声が上がった。

武骨な手があちこちから伸びてきて、頭をぐりぐり撫でられたり背中や二の腕を叩かれたり、弦は慌てて折れそうなハガキをバッグに突っ込む。

「い、痛い痛いっ」

「ははは っ」

抗議の声を上げたが、本気で怒ったわけではない。嬉しさの照れ隠しだ。

仕事柄、毎年新人を採用するのではなく欠員が出るタイミングで募集をかける職場なので、六年勤めている弦に後輩はいない。人懐っこい性格プラス最年少ということもあり、弦は何かと可愛がられていた。

修理などのために月に数度、都心の檜皮デザインが入っているビルに行くのは、代々若手の仕事らしい。移動時間が結構あるので、戦力的にもっとも小さい最年少職人は工房にいなくても差し支えないということだろう。

週末、経費で区内まで行けるというのはアクティブな弦にとって非常に魅力的なことなのだが、いなくなっては困ると言われてがっつり工房に拘束される職人になりたいと願っているのも事実。

「じゃあお先～」

「お疲れさまでした～」

挨拶を交わしながら職人たちが一人、また一人と帰っていって自分だけになると、弦はスマートフォンを取り出した。時刻は午後六時過ぎ、今ならかけても大丈夫だろうかと危惧《きぐ》しつつ見慣れた名前を表示させる。

画面に表示された字面《じづら》を見ただけで胸が少し疼いたが、弦はそれを無視して、人差し指で通話ボタンを押した。

「……あ、祐輔さん。俺、弦。今いい？　会社大丈夫？」

ほどなくして取ってくれた祐輔に確認すると、構わないよと大らかな返事が返ってきた。電話向こうの雰囲気から察するに社内にいるようだが、祐輔の会社は五時半終業なのでプライベートの電話でも大丈夫らしい。

小さく深呼吸して息を整え、弦は祐輔の顔を思い浮かべながら切り出した。

「あのさ、前に言ってた危険物取扱の試験……俺、受かったんだ」

『えっ！　すごいじゃないか、おめでとう！』

明るい報告に、電話の向こうの祐輔は自分のことのように喜んでくれた。その声を聞けただけで嬉しくて、弦の口許もつい緩んでしまう。

「手ごたえはあったけど、すっごい自信あったってわけじゃなかったから、ハガキ来るまでドキドキしてた」

『結果待ちって精神的に来るのわかるよ。でもほんと、合格してよかったよ！　言ったろ、今度こそはいけるって！　三度目の正直って言うしね』

「か、回数のことは言わないで」

会話を交わしながら、もしかしたら受験の本当の目的は知識でも給与でもなく、祐輔のこの言葉を聞きたかったからなのかもしれないと思った。

誉められたいなんて単純なものではない。

もうあの頃とは違う。かつての愚弟も、今は一生懸命頑張っているのだとわかってほしい。そして安心してほしいのだ。

『じゃあ、今度会うときは合格祝いだな。うーん、俺の仕事が今ちょっと立て込んでて……月末とかどう？』

「行ける行ける」

『じゃあリクエスト考えといて。弦のお祝いだから、食べたいもの言ってね』

「やった！　ありがと、また連絡するー」

仕事頑張ってとお決まりの挨拶で締め、弦は通話を切ったスマートフォンをしばらく眺めたあと、もう一度アドレスを呼び出した。

気分が浮かれている。祐輔に報告して満足したが、まだ気分が落ち着かない。

友人たちの名前をスクロールしていった弦は、ある人物のところで指を止め、少し考えたのちに通話ボタンを押した。

『あ、江崎さん？　今大丈夫？』

祐輔と同じくすぐに出た江崎は、少しなら構わないと言ってくれた。意気込んで試験に合格した旨《むね》を伝えると、おめでとうと言われた。

「で、来週末に修理でそっち行くから、そのときついでに免許申請しようと思ってるんだ」

『いいんじゃない』

「だから江崎さん、その晩お祝いしてよ。来週の金曜日！」

『あー、相変わらずちゃっかりしてるな……いいよ。金曜夜ね』

「ありがと！　よろしく〜」

快諾《かいだく》……とまではいかなくてもあっさり了承してくれた江崎に感謝して、弦は通話を切るとスマートフォンをしまった。バッグを肩に掛けて工房をあとにし、軽快な足取りでバス停に向かう。

江崎と初めてプライベートな話をしてから二ヵ月——弦は東京に行ったとき、必ずといっていいほど江崎と会うようになっていた。

もちろん週末を利用して滞在するので、会うのは江崎だけではない。これまでと同様、友達とも約束を取り付けて一人でいる時間が殆どないほどだ。けれど、江崎は真っ先に打診して予定を合わせてもらう相手となった。

友達の、恋愛の悩み。江崎にはそう説明したが、実際は弦自身の悩みを聞いてもらい、相談に乗ってもらっている状態だ。

ほかの誰にも言えないまま何年も抱えてきたことを話せる相手がいるというのは、言葉では説明できないほどの安心感を弦に与えた。

江崎は基本的にアドバイスのようなことはせず、弦の話をただ聞いているだけのことが多かった。大人で、恋愛経験もいかにも豊富で、人当たりもいい江崎だから、弦を頭から否定したり馬鹿にしたりするようなことも決してない。

話をする機会が増えるだけ、祐輔のことだけでなく弦の恋愛観や理想など話題が広がることもあったが、そのどれも江崎は穏やかな雰囲気で聞いてくれた。彼自身のことについて江崎が語ることはほぼなくても、一方通行に喋っている気がしないのは親身になって付き合ってくれるからだろう。

江崎と会う回数が増えるたび、双方の話し口調もフランクなものになっていった。江崎のような年上の男性と親しくなる機会はそうそうないだけに、弦は純粋に嬉しかった。

祐輔とはまた違った存在感で、江崎は弦にとって大事に付き合っていきたい人間になっていたのだった。

お盆になった。

弦はもちろん、実家に帰省はしなかった。唯一の血縁者となった母親に会う気がしないのが最大の理由だが、そもそも帰省しようにも実家というものが存在しないのだからどうしようもない。

弦が就職して独立すると、母親はこれまで男を自分のアパートに引き入れる生活から、自分が男のもとに転がり込み同棲する生活に変わったのだ。そのため弦には実家がなく、それ以前に家族という概念すらない弦にとって、仮に母親が自宅を構えていたとしてもそこを『実家』と思えないというのが本音だった。

*

檜皮製作所は盆休みとして三日間の休暇が与えられる。年上の同僚たちは皆家族サービスに拘束されるし、郊外では遊ぶ場所もないため、弦は例年に違《たが》わず都心で短い夏休みを謳歌《おうか》していた。友人の家を泊まり歩き、昼から深夜まで遊ぶのだ。

中日《なかび》である本日は、高校時代の友人たちとバーベキューに多摩川《たまがわ》まで来ていた。周囲の煙に咳《せ》き込みつつ、こちらも負けじと煙を発生させながら肉を焼く。

二十代半ばの男たちで満足するまで食べまくり、網を片づけたあとは河原《かわら》に腰を下ろしてのんびり話に興じた。

自分たちと同じような休みを満喫する家族やグループで、河川敷《かせんじき》は結構な混雑だ。ジーンズの裾を膝まで捲《まく》り上げ、川で遊んでいる友人たちを眺めながら、弦は缶ビールを傾ける。

「あー、疲れた」

川遊びのメンバーから一人抜けて戻ってきた平田《ひらた》がぼやくのに、弦は笑って腰をずらすと座るスペースを作った。

平田は弦の隣にどかっと座り込むと、ビニール袋を探って缶ビールを取り出しながら言う。

「吉岡んとこ、ボーナス出た？」

「出た。ちょっとだけど」

「マジかよ、いいな。俺んとこ、今年も出なかったわ」

平田は弦と同じく、造形の仕事に就いている。いつまでも続く不況の煽《あお》りで製造はどこも苦しく、平田の会社も大変なようだ。

「だって吉岡の会社、大手だし」

反対側の横から口を出してきた友人の安藤《あんどう》に、弦は口唇を尖らせた。

「大手っても、『業界大手』だからなー。規模としては中小」

「でもボーナス出たならいいじゃんよ」

「それは思う。安定してるってのは素晴らしい」

うんうんと頷くと、平田に頭を小突かれる。

「なんかむかつく。それに休みも三日あんだろ、超羨《うらや》まし〜。俺んとこなんか今日一日だけだぜ」

平田がぼやくと、安藤も同調した。

「うちは今日明日の二日」

「マジ？　俺んとこ吉岡と一緒で三日ある」

「まぁ不況だし、一日でももらえりゃありがたいって思わないとなんねぇのかな」

わいわいと喋り出す面々に相槌を打ちながら、弦は江崎の顔を思い浮かべる。

製造業である檜皮製作所は三日間の盆休みだが、サービス業の檜皮デザインはお盆休暇ゼロだ。夏は人出が多いためディスプレイに力を入れるところが多く、また店はどこもサマーバーゲン真っ盛りで、デコレーターである彼らにとっては繁忙期になる。

人が休むときに働くんだよ、と辟易していた江崎の顔を思い出していると、今度はやや強く平田に背中を叩かれた。

「てめー、休み多いからってニヤニヤすんな」

「してないよ！　休みが短い友達憐《あわ》れんでるのに叩くな」

「憐れむなっ」

方々から手が伸びてきて手荒いお叱りを受け、弦は笑い声を上げながら身を捩《よじ》って逃げた。見れば、自分と同じく三日間の休暇がある者も一緒になって叩いていて、こちらも反撃に出ることにする。

「いたたっ」

「やめろ！」

「お前がやめろ」

馬鹿馬鹿しい戯《たわむ》れに興じていると、ふと周囲からの視線を感じた。河原でバーベキューと
いうことで他の客もテンションが高めだが、若者とはいえ社会人となっている男たちが大勢
ではしゃいでいる姿はやはり目立つ。

数人が逃げるように川に向かい、その場に残った弦は、同じように残った矢萩に声をかけ
られた。

「休みの間、あの義理の兄さんとも会うの？」

「いや、会わない」

首を振り、弦は既にぬるい缶ビールを傾けながら言う。

「祐輔さんとも一度会おうと思って連絡したんだけど、無理だって」

「休みないのか」

「休みはあるんだけど、用事があるって言ってた」

いつもの祐輔なら、仕事があるとか旅行に行くとか理由を告げるので、単に『用事』と表
されたことが気にはなったが、弦は突っ込んで聞かなかった。

いい歳をした社会人、いろんな用事があるだろう。まとまった休暇は年に数回しかないわけだから、ただ顔を合わせて食事をし、近況報告をするだけなら普通の週末で構わない。

「ふーん。彼女と旅行とか？　会社員同士だったら休み合うだろうし」

矢萩の台詞に、弦は噴き出しそうになったビールを慌てて飲み込む。

「ないない。祐輔さん、彼女いる素振り全然ない」

「マジかよ、終わってんな。三十くらいなんだろ、それで独身彼女なしってやべぇわ」

「別にやばくないだろ」

やんわりと庇《かば》いつつ、弦は缶を持ち直す。

祐輔に彼女がいるはずがない。だって、いたら絶対に紹介するはず。

祐輔との共通の人物は、彼の父親であり弦の三年間だけの義父だった男ただ一人しかいないのだが、会うときにいろいろ話してくるので同僚など何人も知っている。もちろん顔は知らず、ただ名前とだいたいのキャラクターを話から把握しているだけだが、それで充分だ。

そんな祐輔が、彼女の話をしないはずがない。

「呑んだ？　俺らも川行こうぜ」

空き缶を片づけて、弦は笑顔で矢萩を誘ったのだった。

＊

お盆も過ぎ去り、八月最後の金曜日、恒例の修理のために午後から檜皮デザインを訪れた弦は、フロアにいる面々に挨拶したあとアトリエ室に向かった。いつものように最初にすべての段ボール箱の中身を確認し、連絡事項を記した書類に目を通す。

本日は全部で三件だった。そのうちの一件、足先のパーツを手に取って、傷の具合を凝視する。

問題の傷は、足の甲部分についていた。

手にしたパーツは、足の甲に直径二センチほどの抉《えぐ》れがあるほかは綺麗なものだ。もっとも傷つきやすい爪先《つまさき》は靴を履かせていて無事だったのかもしれないが、甲にこれほどの衝撃があったにもかかわらず、靴とのスレも見当たらない。

ルーペを取り出し、傷の具合およびその他の部分にスレがないかじっくりと検分して、弦はパーツをそっとテーブルに置いた。同封されていた書類を手に取り、もう一度読んで、眉を寄せて首を傾げる。

アトリエ室を出て一つ下のフロアに向かった弦は、ちょうど戸口にあるコピー機でコピーを取っている羽根理に気づき、近づいた。

理は檜皮デザインの社員だが転職組で、入社してからの年次が浅いためにまだメインの取引先を任されておらず、弦と仕事の接点はまったくと言っていいほどない。ただ弦と同年代で、このビルに出張に来るたび顔を合わせたり、下っ端の理がお使いで工房まで来たりと話をする機会が多いために親しくなった。檜皮デザインに来たときはときどき一緒に食事に行く仲だ。

「羽根くんごめん。堂上さん知らない？」

気負うことなく尋ねると、弦に気づいた理は大人《おとな》しそうな顔に控えめな笑みを浮かべて教えてくれた。

「堂上さんなら今、江崎さんと打ち合わせ中」

江崎の名前に一瞬どきっとしたが、どうにかそれを呑《の》み込むと重ねて聞く。

「お客さんじゃなくて江崎さんとなら、入ってっても大丈夫かな」

「急ぎ？　たぶん平気だと思う。堂上さん、駄目なら駄目って予め言うし。でもごめん……どこにいるかちょっとわからなくて。予定にない打ち合わせっぽかったから、適当に空いてる部屋に入ったと思うんだ」

「ありがと」

理に礼を言い、弦は慣れた足取りで南側の廊下に出た。ここに会議室や応接室が三つ並んでいることは知っている。

理の言うように、ノックして入室の許可があれば、そこで少し時間をもらえるか聞けばいいだろう。堂上ははっきりしているから、ＯＫならその場で何事か聞くし、打ち合わせの優先度が高ければ間違いなく終わるまで待てと言う。

三つ並んだドアのうち手前の一つは開けっ放しで、真ん中と奥の二つは閉まっていた。どちらかに入っているはずだと思い、まずは真ん中のドアをノックする。

返答がないのでそろそろとドアを開けた弦は、誰もいない応接室のテレビがつけっぱなしになっていることに気づき、入室した。画面は真っ黒だが左上にコンポーネントの文字が浮かんでおり、誰かがここで映像機器を使って会議をしたあと、ハードの電源を先に落としたらテレビ画面が暗くなったためにうっかり電源を切り忘れたのだと推察する。

リモコンを使ってテレビを消したのと、細く開いたままのドアから話し声が聞こえてきたのは同時だった。

声は、江崎と堂上だ。どうやら奥の部屋で打ち合わせをしていて、今戻るところらしい。すぐに部屋を出て堂上を捕まえようとした弦は、聞こえてきた会話がやや不穏な空気を孕《はら》んでいるのに動きを止めた。

「だから、俺のじゃどこが悪いのかって聞いてる」

「悪いところは特にないって言ってんだろ」

「それならなんで」

「悪いところはないけど、いいところも特にないから」

ドアの隙間からそっと見ると、長身の二人が立ち止まって話している背中が見えた。双方手に書類を持っており、ときおりそれを眺めながら話す様子を見ていると、時間が来て打ち合わせを終えたものの決着がまだついていないような雰囲気だ。

「それじゃ抽象的すぎて、改良しようにも難しいな」

江崎は相変わらずおっとりした口調だったが、ただ顔を合わせたときに挨拶するだけだった以前と違い一緒に過ごす時間が増えた分、苛々《いらいら》しているのは何となく窺えた。堂上の方は普段とまったく変わらず、江崎が珍しく食い下がっているのに動じた素振りもない。

「とにかく、駄目なもんは駄目だ。この話はこれで終わり」

あっさりと打ち切って、堂上はさっさとフロアに向かって行ってしまった。江崎はというと、しばらく廊下に佇《たたず》んでいた。

やがて、固唾《かたず》を呑んで見守っている弦の視線の先で、江崎は右手に持った書類を左手で強く弾いた。思わずびくりと肩を竦ませる弦に気づかず、一度だけ大きなため息をつくと、堂上と同じ方向に向かって歩き出す。

普段飄々としていて、何事にも執着を見せない江崎の、違う一面を見た気がした。

何でも涼しい顔でそつなくこなしてしまい、アフターファイブに仕事の話が出ることもまずなかったから拘《こだわ》りがあまりないのかと思っていたが、違うらしい。

生活のために仕事をしているのではなく、彼もまた弦自身と同じように、今の仕事が好きで情熱をもってやっているのだろう。

「……」

目撃してしまった場面が場面だったので、弦はしばらく、その場から動かなかった。

やがて江崎が去ってしばらくした頃、弦はようやく部屋を出た。深呼吸し、今見てしまったことが表情に出ないよう気をつけながら廊下を戻ると、コピー機の傍《そば》で書類をトントンと揃えていた理が弦に気づいて立ち上がる。

「あ、吉岡くん。堂上さんに会ってないよね？」

「えっ、あ、うん」

「さっき堂上さんが戻ってきて、吉岡くんを見かけなかったって言ってたから。話があるみたいだって伝えたら、アトリエ室に向かったよ」

「マジ？　ご――ごめん、すぐ行く」

慌ててその場を離れ、弦は階段を駆け上がった。細く開いたままのアトリエ室のドアを引くと、狭い部屋をさらに圧迫する長身が手持ち無沙汰に棚に並んだ薬品を眺めていた。

弦を認め、堂上が口を開く。

「俺に用があるって？」

「あ、はい。えっと」

相変わらずの単刀直入さに複雑な気分になり、仲のいい江崎にも態度を変えないのは立派なのだろうが解《げ》せないと思いつつ、弦は段ボールの蓋《ふた》を開けた。

「あの、この修理なんですけど」

堂上に書類を渡し、問題のパーツを手に取って甲がよく見えるように差し出す。

「ここの抉れてる部分、ちょっと」

「すぐ直せないのか？」

「いえ、直すのはすぐできます。ただ傷ができた原因がちょっと……。依頼票では破損原因不明、ってなってるじゃないですか。閉店後のチェックで気づいたから、客との接触が原因だと推定される――って。でもそれってありえない」

片方の眉だけを上げて先を促した堂上に、理由を説明した。

「これ、間違いなく先の尖った物を上から突き刺してます。故意かもしれないし、事故かもしれない。それはわからないけど確かなのは、ぶつかったとき相当衝撃があったはずってことです。原因不明はありえないよ、やった本人だけじゃなくて周りも気づくレベルの傷だから」

ほらここ、とジョイント部を指して続ける。

「上からこう、細い物か先の尖った物をガツッとぶつけた衝撃で足首が外れた証拠。お客さんがうっかり傘かなんか当てちゃったとしても、本人もごまかせないし店員も気づくはず。そもそも傘が当たった程度じゃこうならないです。狙《ねら》ってブッ刺したとかならともかく」

「……じゃあ、原因は？」

「たぶんだけど、スタッフが作業中に器材をぶつけちゃったんじゃないかな……。こう、マネキンの横に何かをセッティングするのに支柱か何かを差そうとして、手が滑って隣の脚にガツンと」

身振り手振りを交えて再現し、弦は甲の傷を覗き込む。

「十中八九、故意じゃなくて事故だとは思うけど……。でもやった瞬間は絶対に気づいたはず。本人も、周りに誰かいたらその人も」

弦が説明を終えて口を噤《つぐ》むと、堂上はしばらく考え込んでいた。

今回のマネキンは、都内の百貨店にレンタルしているものだ。完成品を購入して終了する特注品と違い、リースタイプのマネキンの場合いろいろと契約がある。

バッグやジュエリーを中心に販売する海外有名ブランドなどは、人通りの多い百貨店の路面にテナントとして入りつつも、レイアウトやディスプレイなど独立で管理しているところがある。その場合はマネキンも百貨店を通さずに直接リースしているので、やりとりも直接行う。

しかしもっとも多いのは、百貨店が代表で何十体というマネキンをまとめてリースし、個個のテナントに使用させるケースだ。壁などの区切りなくフロアにブースのように出店しているアパレル店は、殆どがこのパターンだ。その場合、マネキンをリースするにあたってマネキン会社と百貨店との約款《やっかん》のほかに、百貨店とテナントとの個々の約款がある。

マネキンは頑丈だとはいえたくさんの客が触れられる位置に展示することが多いので、どうしたって損傷はある。百貨店もそれは織り込み済みで、やむを得ない損傷などは避けられないものとし、各々のテナントで傷がついてもお咎《とが》めなしでストックしてあるパーツと交換し、修繕費用は百貨店側が負担することが大半だ。ただ、客との接触や経年劣化ではなく、スタッフの不注意などで大きな傷をつけてしまった場合、そのテナントの責任として修繕費用を請求することになる。

弦がわざわざ堂上に確認を取ったのは、それを知っているためだった。

百貨店の担当者はテナントの報告をそのまま記し、原因不明として修理を依頼してきたのだろう。しかし実際にマネキンを作り、これまでいろんなパターンの修理をしてきた職人が見れば、何が原因でそのような傷がついたのかだいたいの見当はつく。

「わかった。これの修理はちょっと待て」

しばらく考えていた堂上だったが、やがて弦に書類を返すと淡々と言った。

「はい」

「いったんこっちで預かる」

弦の手から足先を受け取り、堂上はそこにあったビニール袋でぐるぐる巻きにすると、緩衝材の入っている段ボール箱に入れた。そのまま箱を抱えてアトリエ室を出ていく。

知らず、緊張していた息を吐き出し、弦はぼんやりとその場に佇んだ。

堂上の態度は、普段とまったく変わりなかった。それは堂上の揺るぎない仕事人としての姿勢で、詰られるものではなく、むしろ当たり前のことでありながら万人にできるものではないと頭ではわかっているが、薄情だと思う気持ちは止められなかった。江崎を説き伏せたときも、それからさして時間が経っていない今も、変わらぬ淡々とした話し方――。

工房とは雰囲気がまったく違う。上手くできなかったときはきつく叱責されるし、ミスをすると衆人環視の中でも容赦なく怒鳴られる。

けれど、そのせいで謝りやすい。大声で怒られ、こちらも大声で「すみませんでした！」と頭を下げ、その場はそれで終わるのだ。

あんなふうに駄目出しされたら精神的にきつそうだと思って、弦は緩慢な仕種で前髪を弄った。

江崎と自分の仕事は違う。発注書通りに製作することが大事なマネキン職人と、自らがアイディアを出してこそのデコレーター。

厳しい先輩職人に何度直しても突き返される悔しさは一言で表せないほどだが、意見を酌《く》み交わす過程はない。だから、今江崎が感じているだろう本当の気持ちは想像するしかないのだが、ドアの隙間から見た背中は忘れようとしてもできるものではなかった。いつも余裕でそつがなく、ときおり人を喰《く》ったような笑みを見せる江崎からは、想像したこともない背中だった。

「……」

しばらく考え、やがて弦はテーブルの上をそのままにアトリエ室を出ると、もう一度下のフロアに向かって階段を下りたのだった。


型から抜いたばかりのマネキンの二の腕をサンドペーパーで均《なら》していた弦は、アトリエ室のドアがノックされたのに顔を上げた。換気のために、ドアは常に細く開けてある。江崎が顔を覗かせたのに、弦はサンドペーパーをデスクに置いた。

「まだいた」

開口一番、驚いたように言った江崎に、弦はすぐに笑顔になると立ち上がる。

「江崎さん、もう終わった？」

「うん。羽根くんから『吉岡くんが待ってる』って伝言もらってたんだけど、遅くなるから日を改めてもらおうと思ってここ来てもいなかったし。こんな時間になってごめん」

江崎は謝ったが、理を通じて一方的に伝言を残したのは弦だ。弦は途中でサンドペーパーの予備を取ってくるために備品室に行ったのだが、ここに来たという江崎とちょうど入れ違いになってしまったのだろう。

エプロンについた粉を払い落とし、弦は言った。

「いいんだ、俺が待ってるって言ったから。江崎さんがもう終わったなら、ご飯食べに行こうよ」

「え？」

「あっ、なんか予定あった？」

「いや……予定はないけど」

時刻は午後九時前、こんな時間から予定も何もないだろう。それを見越しての誘いだったが、江崎はいつになく歯切れが悪い。

いつも飄々として摑みどころのない色男ぶりはどこへやら、やや覇気を失った様子の江崎に、弦はエプロンを取りながら言った。

「予定ないなら、俺とどっか行こうよ。もう餓死しそう」

「ん……。……そうだな、じゃああと十分待てる？」

「いいよー。十分なら、俺もちょうどここ片づけるのにちょうどいいし」

快諾して、弦は部屋を去る江崎を見送った。それから手早く後片づけを済ませ、アトリエ室のドアを閉めて施錠する。

総務課まで行き、鍵を所定の場所にしまっていると、江崎が来た。

「お待たせ。何食べたい？」

「今日は江崎さんの好きなもんでいいよ。っていうか、俺が奢ってあげる」

「えっ」

目を丸くした江崎に失礼なと思ったが、確かに過去の食事で半分弱出したことはあれどご馳走したことは一度としてなかったため、致し方ないと自分に言い聞かせる。

「マジで。だから江崎さんの行きたい店、教えて」

「なんだか怖いな」

「怖くないだろ！　そこまで警戒しなくても」

躊躇する素振りを見せた江崎に抗議したが、すぐに噴き出したのを見て揶揄われていたのだと気づいた。

紅《あか》くなった顔を咳払いでごまかして、弦は江崎の手を引くと階段に向かう。

「ま、たまにはいいじゃん」

「次のときはとんでもないもの奢らされそう」

「ちょっと。俺はそういう――あっ、そうだ。言っとくけど、あんま高いのは無理。男二人で一万円で収まるとこにして」

「リッチだな～。じゃあお言葉に甘えて、どこにしようかな」

乗ってくれた江崎に嬉しくなって、弦はにこにこと階段を下りた。どこでも、好きなとこ

ろを指定してくれたらいいと思う。

——堂上との一件を図らずも知ってしまった今夜は、いつも付き合ってくれるお礼に江崎を励ますつもりだった。

励ますと言っても、言葉ででではない。江崎が年下の、しかも関連会社とはいえまったく業種の違う自分に対して、仕事の泣き言を零すとは思わない。だから弦は、ただ楽しい時間を提供して、気分を盛り上げてあげるつもりだった。

江崎が選んだ店は、ビルから十分ほど歩いたところにあるカジュアルレストランだった。徒歩圏内なので、弦も何度か来たことがある。味も内装もそこそこだが、客層が若いせいかリーズナブルで、食事と一緒にアルコールをグラス二杯程度飲んだとしても、三千円ほどで収まる店だった。

もう少し高額なところでもよかったのにと思ったが、これが江崎の心遣いなのだろう。こういうところが優しいというか、もてる秘訣なんだなと思いつつ、弦は二人掛けのテーブルに江崎と向かい合わせに座った。

でも、食事をしても江崎はどこか上の空だった。

そつのない彼らしく、話を聞いていないとか適当なことばかり言うなどということはなかったが、ふと会話が途切れたときなどにぼんやりしている。

なんとか盛り上げようと一生懸命話しかけていた弦だったが、話題を提供すればするほど自分だけが空回りしている感は否めなかった。

しかも、江崎は会計を払わせてくれなかった。

そろそろ出ようかというときに江崎がトイレに行くと言って席を外したのだが、その隙に支払いをされてしまったのだ。これが接待の常套《じょうとう》手段だと気づいたときにはもう遅く、戻ってきた江崎と席を立とうとして初めて、テーブルの隅のアクリル筒に丸めて差し込まれていたはずの伝票が消えていることに気づく有り様。

店を出てから払わせてくれと言い、相変わらずの笑顔で躱《かわ》されたのでせめて半分でもと申し出たのだが、江崎は一銭も受け取ってくれなかった。

これでは何のために誘い出したのかわからない。見た感じ、江崎は全然気分転換できていない。

「まだ早いし、ビリヤード行こうよ」

やや強引に誘ったが、残念ながらこちらもあまり上手くいかなかった。

江崎は遊び慣れているだけあってそつなくプレイしていたし、弦もビリヤードは好きでよく行くからゲームとしてはいい感じだったが、双方上手いからこそあまり会話も弾まない。

隣で一打ごとに声を上げる女性と、ド下手《へた》くそな彼女に蘊蓄《うんちく》を垂れながら手取り足取り教えてあげている男のカップルが、心底羨ましかった。

ビリヤードは球技にしては静かだから、それなら周囲もヒートしているボウリングはどうかと引き続き誘ってみたが、こちらもビリヤードよりはましとはいえ、江崎を励ますという目的の達成には程遠い結果だった。

先刻と同様、弦も江崎もなかなかの腕前で、ストライクを取るたび互いの健闘を称《たた》え合ってそれなりに和やかなムードではあったのだが、ふとした瞬間に江崎が嘆息しているのを見るたび虚《むな》しさが募った。

江崎は社交的で人付き合いも上手いから、弦の前であからさまに落ち込んだりしていたわけではない。それでも、弦がいつになく注意深く江崎を見ていたせいで、ちょっとしたタイミングでぼんやりしていることに気づいていた。

これまであんなに相談に乗ったり気晴らしに食事に連れて行ったりしてくれていたのに、自分は江崎のために何もできないのかと思うと切なすぎる。

――ただ、弦の精一杯の『もてなし』は、沈んだ江崎の心にも何らかの響くものがあったらしい。

時刻も十二時を回った頃、ボウリング場を出た弦は、このあとどうするか思案していた。今から帰るには終電に間に合わないし、カラオケでオールナイトするにも江崎のこの調子では無理だろう。

江崎と別れ、宵《よい》っ張りの友人に連絡を取って泊めてくれる人を探し、一人も捕まらなかったらインターネットカフェか漫画喫茶で夜を明かすのが得策か。

しかし、そんなことを考えていた弦は、江崎から思いがけないことを言われてきょとんとした。

「時間大丈夫なら、もうちょっと飲まない？」

「え？　あ――うん。うん！　俺は全然大丈夫！」

今日は金曜だしねと笑顔を見せ、弦は江崎に大人しくついていった。細身だがすらりと伸びた背中を見ながら、ちょっぴり感動する。

不器用ながらも精一杯の励ましは、江崎にしっかり伝わっていたのだ。

このあとも飲もうと言った彼の真意は、心を開いて愚痴の一つでも零す気になったのか、それとも気遣いを見せた年下の遊び仲間への感謝なのか。それはわからなかったが、弦はどちらでもよかった。ただ、もう少し自分が江崎と一緒にいられると思うだけで充分だった。

江崎が弦を連れてきたのは、繁華街の大通りから二本ほど路地を入った小さなバーだった。いかにもアダルトな匂いのする店構えで、江崎のような大人の男の話を聞いて気晴らしさせるつもりなら、こういう店で落ち着いてグラスを傾けるべきだったのだと今さらながらに気づき、騒がしいところにばかり連れて行った自分が少し恥ずかしかった。

江崎はよく来るのか、カウンター向こうに立つマスターが顔を見た瞬間笑みを見せた。江崎の指定席と思《おぼ》しきL字型のカウンターの角に案内し、弦と斜向《はすむ》かいになるようにしてくれる。

江崎はこの店に一人で来るのだろうか。女性連れのことが多いのだろうか。それとも、今夜のように男連れの方が多いのか。

「……」

男連れだとしても、自分のようなタイプではなく『綺麗系』に違いないと思っていると、メニューを差し出された。アルコールには強い方だ。ビリヤード場とボウリング場で結構ビールを飲んでいたので、長居するかもしれないことも考慮してロンググラスのジンバックを頼み、出来上がるまでの間そろそろと店内を見回す。

ジャズが低音量で流れる落ち着いた空気の店には、自分たちのほかにカップルがふた組、テーブル席にいるだけだった。金曜の夜なのに客が少ないと思っていると、隣から江崎が話しかけてくる。

「ここ、混み始めるの一時過ぎから。ほかの店が閉まってから流れてくる人が多いから」

「そうなんだ……。じゃあ朝までやってる?」

「五時までね」

にこっと笑いかけられ、含みのないその表情に安堵した。今夜は無表情が多かったが、ここにきてようやくいつもの笑顔を見られたことにほっとする。

常連だから、居心地がいいというのもあるのだろう。騒がしかったり慣れなかったりする場所ではなく、自分のフィールドでのびのびしているように弦には映った。

引っ張り回して申し訳なかったと反省する半面、そういう店に連れてきてもらえて嬉しいと思っているのも事実だ。

流れるような動作で目の前にコースターとグラスをセットされ、弦は江崎を窺った。江崎は自分のグラスを取り、笑顔で少しだけ掲げたので、弦もそれに倣って音を立てずに乾杯してからグラスに口をつける。

二人の間にピスタチオが出され、弦はシンプルな黒い陶器の小皿に手を伸ばした。

そのまま少し静かな時間が流れて——江崎が口を開いたのは、弦がいつしかピスタチオの殻を剝くのに夢中になっているときだった。

「ごめんね、なんか気遣ってもらっちゃって」

「……え？　い、いや、そんなことないよ」

午後の一件を見ていたと知られるわけにはいかないと、弦は慌てて首を振った。それでも江崎の慧眼《けいがん》ではお見通しだったようで、苦笑いされる。

「いいって。俺が落ち込んでるんじゃないかって心配してくれたんでしょ？」

「い、や……」

「まぁ確かに……仕事してるとへこむこともあるけど、仕事ってそういうもんだと割り切ってるから」

もう心配しなくても平気だよと言外に滲ませる江崎に、弦は何を言えばいいのかわからなかった。茶化したりオブラートに包んだりするのが得意な江崎だから、こんな直球で来るとは思っていなかった。

しどろもどろになっている弦に、江崎は半分ほど減ったグラスを前にカウンターに両肘をつくと、指を軽く組んで言う。

「なんでこうなったか、それも知ってる?」

「……」

黙って首を振ると、江崎はゆっくりと話し出した。

「俺がずっとディスプレイやってた会社があってさ。もともと堂上が取ってきた仕事で、最初は堂上がやってたけどあいつが忙しくなってからは俺が代理で担当してたわけ。そんな感じだから、今でもその会社の担当はあくまで堂上で、俺ではなかったんだけど」

「……うん」

「そこがディスプレイチェンジすることになって、先日社内コンペがあったんだよね。で、俺じゃなくて別の社員のプランが採用されてさ。……そいつのも確かにいい出来だったけど、俺は自分が作ったプランも悪くないと思ったんだよ」

「……」

「俺のプランは堂上に却下喰らったんだけど、頭では納得しても気持ちの上で割り切りができなくてさ。確かに現場から何年か離れてるとはいえ担当は堂上で、最終決定権は堂上にあるわけだけど、俺もあいつの代理始めた三年前からそこの会社のディスプレイずっと作ってたわけだし。向こうのコンセプトとか担当者の好みとかわかってるつもりだったから、諦《あきら》められなくて」

「……堂上さんは、なんで駄目って言ったんだろ」

「『悪くはないけど凡庸だ』って」

いかにもな歯に衣着せぬ台詞に、弦は口許を引き攣《つ》らせながらジンバックをひと口含んだ。堂上と江崎は同期であり同い年であり、立場も近い。とはいえ、もう少しマイルドな言い方があってもいいのではないかと思ってしまう。

しかし、江崎のへこんだポイントはそこではなかったらしい。

「確かに堂上の言うとおり小ぢんまりと纏まっちゃった感はあったから、どうすればいいのかいろいろ考えてたの。でも自分じゃなかなかわかんないんだよね、いったん『これでベスト』と思ったところで完成させちゃったわけだから。で、考えてるときたまたま羽根くんが通りかかったから、ちょっと見てもらったんだ」

「羽根くん？」

「そう。彼、この仕事にはかかわってなくて何も関知しない社員だったから、客観的な意見が聞けるかと思って。……そしたらさ、羽根くんはしばらく絵を見たあとあっさり言ったんだよ。置いてあるオブジェのうち一つの色を青にしたらいいと思う、って」

「……。それで……？」

「画面でそこだけ色変えてみたら、どんぴしゃ。全体的な色味から青って発想はまったくなかったし、実際羽根くんから聞いたときも半信半疑だったんだけど、全体のトーンに合わない『そこだけ青』の違和感が逆にいい感じでさ」

「……堂上さんは、何て？」

「青に置き換えて持ってったら、すぐオッケー出た。結局俺のプランで行くことになった」

「……」

どう相槌を打ったものかわからず口を閉じた弦を横目に、江崎はグラスの残りを一気に飲んでため息をついた。

「なーんかさ、そういうの見るとセンスって生まれつきだなってつくづく思うよ」

「……」

「たった一箇所、しかも小物だよ？　でもそういう細部まで使って、決められた空間にあるもの全部で表現するのが俺の仕事なわけじゃん。俺も自分でそれなりの仕事してる自信はあるけど、めちゃくちゃ考えて計算して作ってるもんな。ぱっと見てすぐに全体のバランス整える才能の有る無しって現実を、はっきり突きつけられた気分」

空のグラスを掲げて二杯目を頼む江崎を眺め、弦はしばらく黙っていた。

彼の言うことはとてもよくわかる。ずっと絵を学んできたのにセンスがないと言われ、メイク担当から外された苦い経験があるせいだ。

なんとなく魅力がない、どこかぱっとしない。先輩からの評は曖昧なものばかりで、闇雲《やみくも》に練習を重ねても上達しなかった。別の職人が施したメイクを見て、それがいいか悪いかの判断はできるのに、どうして自分の手で表現できないのか不思議でたまらなかった。

僅かに身を乗り出し、弦はしっかりした口調で言う。

「俺にはディスプレイのことはよくわかんないけど……でも、羽根くんは特別だよ。堂上さん、羽根くんの色遣いいつも誉めてるもん」

「まぁそうなんだけど」

「色じゃないとこで、江崎さんは江崎さんの何かを持ってるんじゃない？　そうでなきゃ、あんなに仕事回されないよ。だからそこで頑張ったらいいと思う」

力説したのは、これが上っ面の励ましなどではなく、弦自身がそう強く思っているからだ。

中学時代はろくに学校に通わず勉強が大嫌いだったのに、祐輔の勧めで気持ちが変わり、高校に進学したい一心で勉強した。偏差値の低い、専門色の強い高校だったとはいえ、合格したときは本当に驚かれたものだ。

就職してからだって、これまで学んだことを捨てて、一から新しい技術を勉強した。最初は怒られてばかりだったけれど、毎晩遅くまで残って練習し、たくさんのマネキンを見ることで目を養い、少しずつ認められるまでになった。メイクでは駄目だったものの、ボディでは明らかに期待をかけられるようになったのだ。

向き不向きがあるから絶対という言葉は使えないけれど、好きという気持ちゃこうなりたいという夢が根本にあれば、きっと頑張れると信じている。頑張った結果、生まれつきの才能を持った人には及ばないかもしれないけれど、同じ能力を持った人の中では頭一つ抜けることだって可能ではないかと思うのだ。

しかし、弦の台詞に江崎は苦笑いしただけだった。

「吉岡くんさぁ、頑張り屋だよね。一緒にいると俺も前向きになるなぁ」

「……」

返す言葉を見つけられず、弦は江崎の横顔をぼんやりと眺めた。そして、後悔した。

こんな正論、自分より年上の江崎なら当然理解しているに違いないのに。

「え、えっと。とにかく今夜は飲もうよ！」

明るい声で誘うと、江崎は小さく噴き出した。それから「そうだね」と呟き、まだ残っているグラスをバーテンダーに渡すと新しいものをオーダーする。

弦も自分のグラスを一気に空にすると、お代わりを頼んだ。今度はグラスを触れ合わせ、笑顔で乾杯した。そして仕事の話はもうせずに、他愛のない会話を繋いだ。

「ちょっと吉岡くん、食べ過ぎじゃない？」

江崎が常連だからか気を利かせてくれたのか、店がピスタチオを追加で出してくれたのだが、食べるのはもっぱら弦だった。硬い殻を剥く感触が、どうも癖になる。

「なんか止まんない」

「リスじゃないんだから」

「えっリスってピスタチオ食うんだ⁉」

「さ、さぁ……詳しくは知らないけど、その手のものなら何でも食べそうじゃない」

中身のない会話が二人の間をすべり、こんなことでは何のために連れ出したのかわからないと思った。いつものお礼に今夜は励ましてあげたい、その一心だったけれど、どこか上の空でカウンター奥に並んだグラスを眺めている江崎の憂い顔を見る限り、やはり当初の目的はまったく達成できていない。

割れた殻を指先で弄《もてあそ》び、弦は口唇を噛んだ。

江崎の気持ちはわかる。自分の得意な分野で能力を発揮すればいい、言うのは簡単なことだけれど、そんなに単純に割り切れるものではない。好きで精魂込めていることに駄目出しされるのはつらいものだ。

弦自身、メイクからボディへの変更を受け入れることができたのは、メイクに携わった期間が短かったからだ。まだ見よう見真似でやっている頃で、矜持《きょうじ》やこだわりなどがさほどなかった時代だったから、才能がないと言われても仕方がないと諦められた。

けれどもし今、ボディから外されたらショックが大きすぎる。五年以上やってきてそれなりのスキルは身についているし、一端のプライドもある。もっと努力しなければならない部分を自覚している代わりに、ここは上手いと自負している部分もあって、それを否定されたらしばらく立ち直れない。

「――そろそろ帰ろうか」

声をかけられてはっと顔を上げると、江崎がチェックを頼んでいるところだった。慌てて財布を取り出した弦を制し、江崎はさっさと支払いを済ませてしまう。

店を出て、弦は持ったままの財布を開いた。

「江崎さん、俺払う」

「いいよ」

「そんなこと言わないでよ。今日は俺が」

強引に押し切ろうとすると、江崎が心持ち膝を屈めた。普段は見上げるばかりだった江崎と目線が同じになり、あのフレグランスの香りが鼻先を掠《かす》める。

どきっとしたのと、江崎が苦笑したのは同時だった。

「気持ちだけで充分。今日は吉岡くんと過ごして楽しかったよ」

「……江崎さん」

「吉岡くんといると、元気になるから」

さっき言ったのも決してお世辞じゃないよと笑って、江崎は姿勢を正すと腕時計を覗き込んだ。

「ずいぶん遅くなったけど、帰れる？」

「う、ん……帰れないけど、適当に友達んちに泊めてもらう」

「大丈夫なの？」

「いつもそんな感じだから平気」

安心させるために嘘を言っているわけではないと江崎もわかったらしく、頷いた。そして、じゃあまたねと告げられた瞬間——弦は咄嗟《とっさ》に江崎の腕を摑んでいた。

人当たりがよくて、飄々としていて摑みどころがなくて。常の根なし草のような雰囲気が、今の江崎にはひときわ色濃く出ていた。江崎は帰ろうと言ったが、ここで別れても彼は自宅に戻らないだろう。誰かを呼び出して、仕事の悔しさを忘れるための時間を過ごすのだと、弦は肌で察知したのだ。

何の役にも立たなかった自分ではなく、彼を癒してあげられる誰かと。

そう思った瞬間、それは嫌だという思いが急激に込み上げてくる。

江崎のやるせない気持ちはわかっているつもりだ。いつも相談に乗ってくれる彼を、ほかの誰かではなく、今夜は自分が支えたいのだ。

「も——もう少し呑もうよ」

急に腕を摑み、やけに真剣な顔で言った弦に、江崎は戸惑っているようだった。しばらく目を丸くしていたが、やがて緩慢に首を回しながら言う。

「んー。吉岡くんに励まされて元気でたけど、もうちょっと現実逃避したいから。また今度ゆっくり呑も？」

「現実逃避するなら、俺とでもいいじゃん」

「……結構わかりやすく言ったつもりなんだけどな」

ため息をつき、江崎は弦の手を離させると、普段のそつのなさが嘘のようにぶっきらぼうに言った。

「吉岡くんとはここまで。大人の癒しが欲しいの」

「わかってる。わかってるよ」

何度も頷き、弦は緊張のせいで乾いた口唇を舐《な》めた。

「そこまで付き合う。いつものお礼」

「お礼、って」

「俺じゃ駄目？」

「駄目とか、そういう問題じゃなくて」

ため息をつくと、江崎は弦の両肩を摑み、心持ち膝を屈めて目線を合わせてきた。

普段は捉《とら》えどころのない眼差《まなざ》しが、今夜はやけに据わっているのを見つめ、心拍数が速くなる。

長身とはいえ細身で、綺麗に整った面立ちから中性的な雰囲気を漂わせる江崎だが、紛れもなく男なのだと実感した瞬間だった。少しピントがずれた弦の『励まし』に付き合い続けた彼も、もう限界なのだろう。苛立ちややるせなさなど、隠しきれない本音がその眸《ひとみ》に息衝《いきづ》いて伝わってくる。

気圧《けお》されて半歩ほど後退《あとじさ》った弦だが、目は逸《そ》らさなかった。

真っ向から江崎を見つめ、頷く。

「俺は江崎さんより年下だけど、それなりにわかってることあるよ。別に好きとかそういうんじゃなくても、寂しいとき一緒に寝るのだってありじゃん」

それは弦の本心だった。ほかの誰かのところに行かせるくらいなら、と、ここまで親しくなった江崎の行動に妬《や》いているのも自覚していたし、かといって江崎に恋愛感情は特にないことも理解していた。

そして同時に、江崎もこちらに好意を持っていてくれていることと、それはあくまで仕事関係者としてであって恋情などではないことも。

だから、こうして言い募るのは、もう一つの本心があるからだ。

——祐輔への気持ちが何なのか、弦はずっと知りたかった。

同性なのに、どうしてこんなに気になるのか。自分だけを見て、一緒に暮らしていた頃のように可愛がってほしいのか。

祐輔を意識した日から、常に頭の片隅にこびりついていた疑問。これまで女性としか経験したことがなかったけれど、自分はもしかすると同性とも抱き合えるのかもしれない。

いかにも恋愛事に長《た》けていて、男とも慣れた様子で付き合っていた江崎だから、憎からず思ってくれている自分を抱くことなど造作もないだろう。それで確かめたい。

セックスは、本当に愛する人と――そんな概念は、思春期から異性と心の隙間を埋め合ってきた弦にはなかった。愛している相手と抱き合うことは素晴らしいと思うけれど、そうでない行為が穢《けが》れていると一蹴《いっしゅう》する気持ちもない。

先ほど江崎に告げたように、セックスにはいろんな意味があるのだ。愛情確認はもちろんのこと、寂しさを癒したりただ快楽を得たかったり。それらすべてを否定するつもりがないのは、江崎も同様だろう。

「……」

江崎は長い間弦の顔を眺めていた。

やがて女好きのする色っぽい口唇を開き、言葉を綴《つづ》る。

「何言ってんの。吉岡くんには、好きな……」

けれど、最後まで伝えられることはなかった。途中で区切り、江崎は苦い顔で続きを呑み込んだまま重ねて言うことはなかった。

嘆息し、江崎は苛々と髪をかき上げる。

「ごめん、俺やっぱりまだちょっと苛々してるんだよね。ここで吉岡くんと難しい話ごちゃごちゃしたくない」

「だから二人でどこか行く、でいいじゃん」

「……」

ネオンに汚れた都会の空を仰ぎ、弱り切ったようにため息をついて——そこで江崎は考えることを放棄したようだった。

特に何か言うこともなく、弦の手を引いて駅に向かって歩き出したのだ。


頭からシャワーの湯を浴びて、弦《ゆずる》は排水口に吸い込まれていく真っ白い泡をぼんやりと眺めた。

江崎《えざき》の部屋に初めて入って、彼が出してくれた缶ビールを口数少なく飲んで、それから江崎はシャワーを浴びてくると言って弦を一人部屋に残してバスルームに向かった。弦が同性との経験がないと言ったからだろう、怖気《おじけ》づいたり躊躇《ちゅうちょ》したりする場合に帰りやすくしてくれた江崎の気持ちは伝わっていた。

「……」

髪の泡を落としたあと、弦は自分の身体《からだ》を見下ろす。

気が変わるどころの話じゃない――バスルームに入った直後あたりから、身体はしっかり反応していた。

これからすることに恐怖がないわけではない。むしろ最初は、土壇場になって引き返したくなるのではないかと思っていた。それなのに、尻込《しりご》みする頭の中とは裏腹に身体はすっかりその気で、自分でも持て余し気味になるほどだ。

手早く、けれど念入りに身体を洗い、弦はバスルームを出た。心臓が怖いほど強く脈打っている。それが怯えからくるものなのか期待からくるものなのか、できれば前者であってくれと願いつつ、弦はそろそろと部屋に戻った。

都心のわりには広めのワンルームで、江崎はテレビを観ていた。

ベッドの上で長い脚を投げ出し、弦がシャワーを浴びている間に出したのか二本目の缶ビールを手に、壁に凭《もた》れて座っている。

「……タオル、わかった？」

「……うん」

かけられた第一声は間抜けなものだったが、弦は神妙な顔で頷《うなず》いた。息を潜め、おずおずとベッドに近づく。

サイドランプのオレンジの光のせいで、物が少ないシンプルな部屋はどことなく淫靡《いんび》な雰囲気を醸し出していた。部屋の広さは弦のものとそう変わりないが、入居したときから備え付けられていた蛍光灯で生活している弦と違い、江崎の部屋は明らかに賃貸物件であるものの照明やシャワーヘッドなどがカスタマイズされており、細部までこだわって部屋を作っていることが窺《うかが》える。

ベッドに座ったまま身体を少しずらした江崎に促《うなが》された気がして、弦はおずおずと膝でベッドに乗り上げた。

すぐに江崎の腕が伸びてきて、膝立ちのまま腰を抱きかかえられる。スプリングの効いたベッドの上でバランスを崩しかけて、弦は慌てて江崎の両肩に手を置いた。いつも長身の彼を見上げているばかりだったから、見下ろすのはなんだか新鮮だった。

じっと見つめられて恥ずかしくなり、視線を彷徨《さまよ》わせた弦は、柄はなく織模様だけが入ったブルーグレーのカーテンに目を留める。

「……江崎さん、やっぱ部屋もお洒落《しゃれ》だね」

「そう？　普通だと思うけど」

「ううん。俺、結構友達の部屋泊めてもらうからいろいろ見てるけど、こんな部屋に住んでる奴いないもん」

そう言って、弦は江崎に笑いかけた。

「俺はマネキン作るだけだから、ディスプレイとかインテリアのことはよくわかんないけど……でも、この部屋いいと思う。江崎さん、やっぱ才能あるんだよ」

「……」

「あんま落ち込むことないよ」

そこまで言ったとき、江崎の口唇《くちびる》が近づいてきた。反射的にぎゅっと瞼《まぶた》を閉じ、弦は生まれて初めての同性からのキスを受ける。

口唇を引き結んでしまったが、いったん顔を離した江崎が舌先でつついてきたので、恐る恐る開いた。舌が触れ、びくりと身体が戦慄《わなな》いて――しかし、次の瞬間、弦は夢中になってキスに応えていた。

頭に一気に血が上り、どくどくという心拍音がうるさいほどこめかみに響く。緊張を破るほどの期待が込み上げ、角度を変えて江崎の口唇が重なってくるたびに立つ水音にも煽《あお》られて、弦はいつしか江崎の肩を強く摑《つか》んで膝が崩れそうになるのを堪《こら》えていた。

ようやく口唇が離れたとき、弦はすっかり惚《ほう》けていた。

「……目、潤んでる」

囁《ささや》くほどの小さな声で言った江崎が、楽しそうに指を伸ばしてくる。羞恥《しゅうち》を覚えて身を捩《よじ》ろうとしたが、もう片方の腕でがっちりと腰を摑まれていて叶《かな》わなかった。

目尻《めじり》にそっと触れられる。近すぎて見えなかったが、弦の脳裏には鮮やかに江崎の指が浮かんだ。長く、繊細な指が、今自分の顔に触れていると思っただけで、恥ずかしさと、それを凌駕《りょうが》する昂揚《こうよう》が全身を満たす。

頬《ほお》から離れていく長い指をぼんやりと目で追っていた弦は、その指が自分が腰に巻いたバスタオルに掛かったのにはっと我に返った。

「ま――待っ……」

「ん？」

「ちょ、ちょっと待って」

折り込んだ端を両手で押さえて腰を引き、弦は膝でずり下がった。急に逃げ腰になった弦に目を丸くした江崎だったが、すぐに再び指を伸ばしてくる。

頑《かたく》なに脇腹《わきばら》の辺りを押さえていた弦は、指がバスタオルの裾から入り込んできたのにぎょっと身を竦《すく》ませた。

指はやや強引に大腿《だいたい》に触れ、次には手の甲で太腿《ふともも》の内側を撫《な》で上げる。

途端に腰が崩れそうになり、弦は間抜けにも脇腹でバスタオルを押さえるという無駄な恰《かっ》好《こう》のまま、反射的に前屈《まえかが》みになった。

「待って待ってっ」

「どうして？」

「……、……」

肝心な場所に江崎が触れ、全身が熱くなった。自分で思っていた以上に硬く張り詰めたそれは易々と捉《とら》えられ、制止するつもりが変な声になりそうで咄嗟《とっさ》に口唇を噛《か》む。

どうしてと江崎が聞いたのは、身体の方があからさまにその気になっているからに相違ない。それがわかっているだけに、居たたまれない。

「……いいじゃない、恥ずかしがることないでしょ」

「で、も」

笑いかける江崎の表情は、優しそうというよりも楽しそうだった。それはそうだろう。自分も男だからわかる——これから事に及ぼうというのに、相手がまったく反応していなかったら気が殺《そ》がれる。

「それとも、やっぱりやめる?」

僅かに首を傾《かし》げられ、弦は口ごもった。

この期《ご》に及んで尻込みしているわけではない。むしろ、期待しすぎて気が急《せ》いている。自分でも持て余すほどのあけすけな興奮が恥ずかしくて、つい逃げかけてしまうのだ。

欲望の状態を知っている江崎にも、それはよくわかっているようだった。

「……それはないよね」

見つめ合ったままの江崎の目が、細められた。ほぼ同時に捉えられたものを愛撫《あいぶ》され、今度こそ弦は前につんのめりそうになってしまった。

再び江崎の両肩に手を置き、ぎゅっと目を瞑《つむ》る。見られている照れから瞼を閉じたのだが、

視界に何も映らなくなったせいで体感が増した。痛いほど反り返っている自分の身体の正直な部分は耐え難く、けれどどんどん昂《たかぶ》っていく一方で、どうしていいかわからなくなる。

「んッ、……」

再び口唇を塞《ふさ》がれ、今度は深く探られた。舌を絡《から》められ、先端から気の早い涙を零《こぼ》している欲望を緩く愛撫されて、ため息にも似た吐息が零れる。

「ふ、く……っ、……ン、あっ」

キスの合間に、堪え切れない声が漏《も》れた。あの長い指で緩急をつけて揉《も》まれて、これまで経験してきた女性の柔らかさが微塵《みじん》もないそれに、ひどく興奮した。

これまで——そう、これまでの性体験で、弦は自分が淡白だと思っていた。

相手の数は、年齢の割にそこそこいる方だろう。身体を重ねることで寂しさを癒そうとする少女たちは、思春期の弦の身の周りにたくさんいた。彼女たちと抱き合い、肌を合わせることで心の隙間《すきま》を埋めて、もちろんそこには性欲だけではなく幼い愛情もあって。

けれど、記憶の中のどのセックスにも、こんなに燃えた経験はない。

行為前のバスルームで既に痛いほど勃起《ぼっき》していたそれは、今はもう溢《あふ》れるものでべたべただった。それをはしたないと感じる余裕もなく、逆に自分の反応にすら煽られるだけだ。はちきれんばかりのこの期待を、江崎がどう昇華させてくれるのか、一片を想像するだけで極めてしまいそうになる。

勝手に腰が動き、弦はいつしか江崎の手に欲望を押しつけるようにしていた。バスタオルが外れ、そこを外気に晒《さら》していることすら気にならなかった。

括《くび》れを刺激されて息を呑《の》んだ次の瞬間、弦はベッドに押し倒されていた。すぐに江崎が覆い被《かぶ》さってきて、口唇に強く吸いつかれる。

「うん……、あっ、う……」

「……吉岡くん、男初めてだったよね？」

「ん……、うん、ん」

「……そっか」

相槌《あいづち》の前にほんの僅かな空白があったことに気づき、弦は潤んだ眼差《まなざ》しで江崎を見上げた。

そしてほぼ同時に、なぜそんな質問をされたかを察した。

同性と初めて抱き合うというのに、反応がよすぎるせいだ。警戒心など微塵もなく曝《さら》け出している姿を見て、江崎も思わず確認してしまったのだろう。

狼狽《うろた》えていた弦は、その反応の理由はわかったよと言いたげな江崎に優しく笑いかけられた刹那《せつな》、これまでずっと白く靄《もや》がかっていた自分の胸の裡《うち》が一気にクリアになっていくのを感じた。

さっき思い起こしていた、自分のかつての体験。猫がじゃれる程度のものでしかなかったセックスの数々は、自分が早熟な子どもだったからではない。

――相手が、女性だったからだ。

薄々予感しながらも目を逸《そ》らし続けていた真相がはっきりと胸に迫り、弦はひくりと喉《のど》を鳴らした。身体はこんなに盛り上がっているのに、怖くてたまらなかった。

「……っ」

口唇が震え、頭の中が真っ白になる。

淡い付き合いをしてきた女の子を可愛いと思ったのは事実だったし、向こうにリードされることが多かったとはいえセックスで失敗した記憶もあまりない。それでも、本能の奥深いところで求めていたのは異性ではなく、同性だったのだ。

これまで何度も経験した、一度覚えた手順をなぞるだけのセックスでは得られなかった昂揚と期待が今夜は確かに存在している。圧《の》し掛かる江崎の胸の硬さや身体を撫《な》でてくる大きな掌《てのひら》に、この上なく興奮している。

自分ではありえないと思っていた同性とのセックスを目前に控え、身体のどこも痛いほど感じて、恐怖よりも躊躇よりも先に、とにかく早くすべてを知りたい一心で衝き動かされているのだ。

今夜感じている希望も期待も、初体験のときに抱《いだ》いたそれとは比較にならない。

「えざ、き、さ……」

覆い被さる背中に腕を回し、弦は逞《たくま》しい肩口に額《ひたい》を押しつけた。どくどくと煩《うるさ》いほどの鼓動が響き、浅く速い呼吸が焦燥感を呼び覚ます。

「……ん？」

顔を離し、揺れる眼差しで見上げると、江崎は小首を傾げて口許《くちもと》に薄い笑みを刻んだ。途方に暮れた顔でもしていたのだろうか、安心させるように弦の口唇の端に口づけて、手は休まずに刺激を与え続ける。

「俺……俺、……」

激情のままに言葉にしようとしたが、頭が真っ白で上手《うま》く言えなかった。けれど江崎は、促したりはしなかった。

ただあやすように頭を撫で、愛撫の手を止めないことで流れを断ち切らず、それでいて優しい眸《ひとみ》で、いつでも話せるようになったら聞くと言いたげな素振《そぶ》りを見せる。

前から優しい人だと思っていたけれど、今この瞬間ほど強く感じたことはなかった。

この人を好きになれたなら、きっと幸せになれたんじゃないだろうかとふと過《よぎ》る。

それでも現実は違っていて、江崎は仮初《かりそ》めの相手として今夜弦を部屋に連れてきたに過ぎず、弦もまた、心の大部分を占めているのは別の相手なのだ。

――祐輔《ゆうすけ》の顔が脳裏に浮かんだ瞬間、胸が引き絞られるように疼《うず》いた。

女性と恋愛できないことはないけれど、実は男性の方が好きだった――それに気づいた今、見定め難かった元義兄への気持ちは恋に違いないと認めざるを得ない。微《かす》かな安堵《あんど》と、それとは比較にならない絶望感を覚えた刹那、弦は江崎が胸の先端に口づけたのに思わず鋭い声を上げた。

「やっ——」

「こら」

払おうと反射的に振り上げた腕はすぐに捕まえられ、甘い声で窘《たしな》められて力が抜ける。女性のそれとは違い、ただついているだけのささやかな突起を存分に弄《いじ》られて、吐き出す息に嬌声《きょうせい》が混じった。

戯《たわむ》れのように乳首を弄られたことはこれまでもあったが、江崎に——男にされていると思ったただけで、言いようのない劣情が込み上げてくる。腕の拘束が弱まり、解放されると、初めは押し退《の》けようとしていたはずなのに江崎の頭を抱き締めていた。

口唇は散々胸元で遊んだあと、徐々に下りていった。瘦身《そうしん》のため浮き出たあばらに口づけられ、脇腹を辿《たど》る。柔らかい口唇が擽《くすぐ》ったくて身を捩るたび、華奢《きゃしゃ》な江崎の体軀《たいく》からは想像もできないほど強い力で引き寄せられた。

瞼を閉じ、初めてではないけれど初めてに等しい愛撫に酔う。臍《へそ》の近くを彷徨う口唇に期待は弥《いや》が上にも高まり、破裂してしまいそうだった。

とうとう欲望に到達して、尖《とが》らせた舌が先端に触れたときは、息が止まった。そのままあたたかい口腔に包み込まれて、得も言われぬ快感に身体がそこからぐずぐずと蕩《とろ》けてしまいそうになる。

「も……出る、出ちゃうかも」

「駄目駄目、まだ我慢」

「無理、もうムリ……っ」

言い募る自分の声が、鼻にかかった甘えを帯びたものであることに気づき、身悶《みもだ》えしたいほどの羞恥を味わう羽目になった。しかし、それを恥ずかしく思う一方で、自分の反応にすら煽られているのも事実なのだ。

「あ、は」

あと少しのところで口を離され、喪失感と飢餓感が鬩《せめ》ぎ合う。意識的に息を整えることでどうにかやり過ごし、弦は緩慢な動きで身を起こした。立て直すことができたのは、同性との行為は初めてでも性体験そのものは場数を踏んでいたためだ。

上体を起こした弦を訝《いぶか》しげに見ている江崎に、今度はこちらから指を伸ばす。

「ごめ……俺ばっか。今日は俺が慰めたげるって言ってたのに」

一方的に翻弄《ほんろう》されかかっていた自分に照れて、弦は江崎のバスタオルの合わせ目に手をかけた。けれど、すぐに制されてしまう。

「いいって」

「なんで？」

「初めてでしょ？」

目を細めた江崎の苦笑いがなんとも官能的で、弦はどきどきしてきた鼓動を悟られないよう努めて普通に言う。

「初めてだけど、初めてだからやっちゃいけないってことでもないじゃん」

「そりゃそうだけど」

「俺、……」

その先はさすがに呑み込んだが、江崎にはお見通しだったかもしれない。弦は抵抗をやめた江崎の腰からバスタオルを解《ほど》いた。

目の前に現れた、半分ほど萌《きざ》している欲望を見つめ、無意識のうちに喉が鳴る。

慰めたいとか、自分だけは申し訳ないという気持ちに嘘はないけれど――それ以上に、してみたかったのだ。

どきどきしながら、弦は男性器に手を伸ばした。自分以外のものに触れるのは、当然ながら初めての経験だった。

一瞬触れたときにびくりと怯《ひる》んだが、すぐに指を絡ませる。

軽く握り締めて上下させると、頭上からため息が零れた。江崎の反応に気を良くして、どんどん硬くなってくる反応に魅入《みい》られたように、一心に手を動かす。

対面なので当たり前だが、自分でするときとは握る向きが逆方向だった。そのシュールさが、勃《た》ち上がった性器を握るという慣れた行為でも新鮮さを感じた。

痩身で、中性的な雰囲気を纏《まと》った江崎からは想像もつかないほど、そこは熱く張り詰める。先端に浮かぶ透明な雫《しずく》を認めた瞬間、口をつけたい衝動に駆られた。

しかし、熱に浮かされたような顔で弦が顔を近づけたとき、前屈みになったせいで無防備に晒した背中を不意に撫でられた。悪寒と紙一重の何かが背筋を走り抜け、思わず肩を戦慄かせる。

「な、なに？」

「俺にもさせて」

言いしな、江崎が両脇の下に手を差し込んできて、あっと思う間もなく身体を引っ張り上げられた。

現場で重い機材を運ぶことも多いからだろう、見た目に反して江崎はかなり力があった。狼狽えているうちに、江崎はさっさと弦をうつ伏せにして両肘《りょうひじ》をシーツにつかせる。

太腿を膝から上に撫でられ、またしても肌が粟立《あわだ》った。どうやら自分の性感帯らしいと初めて知り、頬が上気する。

「……江崎、さん」

誰の手も知らない、慎ましく閉じているそこに、そっと触れられた。反射的に身体が強張《こわば》ったと同時に、背中に口唇が落ちる。

浮き出た肩甲骨を優しく舐《な》められ、同時に再び性器を弄られた。未《いま》だ昂ったままのそこは待ち侘《わ》びた刺激に震え、弦は自分の腕に口唇を押し当てる。

弦が少し落ち着いてきた頃を見計らって、江崎が入り口に指先を這《は》わせた。指が濡《ぬ》れているのが感触でわかり、彼があの長い指を舐めているところを想像しただけで身体中の血が沸騰しそうなほど昂揚した。

指は頑なな入り口を捏《こ》ねるように愛撫し、やがてゆっくりと挿《はい》ってくる。

「ンー…、……っ」

中から押し出されるように詰まった声が漏れて、弦はぎゅっと閉じていた瞼を少しだけ開いた。

視界には、見慣れぬシーツと自分の腕だけ。これまでこんな恰好をしたことがないと思い、すぐに女性との経験でこんな姿勢を取るはずがないと気づく。思わず笑いそうになって、しかし中に挿った指がぐるりと動いたのに叶わなかった。

実際に動かしているのは少しなのだろうが、ひどく大胆に掻《か》き回されているような気になった。零れそうな声を自分の腕を噛むことで堪え、それでもひくひくと戦慄く肩を持て余す。

待ち焦がれていた挿入だったが、違和感しかない。江崎が時間をかけてくれたお陰か痛みはなかったが、ひどく奇妙な感覚だった。もっと神経を研ぎ澄ませれば快楽の欠片《かけら》を摑めるのだろうかと思ったが、丁寧に解《ほぐ》されれば解されるほどそこの感覚は鈍くなる。

最初は挿ってきたのが指だとわかったが、しばらくすると何が挟まっているのかすら定かではなくなってきた。油断すると漏れてしまいそうな声も、だんだん吐息か呻《うめ》き声かわからないものになってくる。

やっぱり同性愛者だというのは錯覚で、本当は違うのかも——と思ったとき、急に前を握り締められて全身が跳ねた。

「どうする？　きついならここでやめとく？」

「……、え……？」

「こっちの反応見た感じ、大丈夫っぽいけど……」

やわやわと揉み込まれ、勃起したままだったことに気づいて驚いた。全身を苛《さいな》む違和感と緊張に、とっくに萎《な》えたと思っていたのだ。

頭を擡《もた》げて自分の下肢を覗き込み、次に背後を振り返った弦は、目が合った途端江崎が困ったように笑ったのにはっとする。

江崎の腕が伸びてきて、やや乱暴に髪をくしゃくしゃと撫でられた。弦が自身の身体なのにどうなっているのかわからなくて途方に暮れた表情をしていたものだから、思わず頭を撫でてしまったらしい。

江崎が身体を折って、弦の背中にぴったりと胸を合わせてきた。肌のあたたかさに無意識にため息を零すと、江崎が肩越しに顔を近づけ頬にキスしてくる。

「……なんか可愛いなぁ、吉岡くん」

「ん……、……？」

「一生懸命なとこは前からいいなと思ってたけど……こんなときも一生懸命なんだとは思わなかった。可愛い」

そう言いつつ、江崎は相変わらず前も後ろも愛撫を続けているので、その台詞《せりふ》の真意が本音なのか揶揄《やゆ》なのかわからなかった。それでも、背中から感じる江崎の体温や鼓動が心地好《よ》くて、弦は猫のように目を細めるとあえかな吐息を紡ぐ。

「……早く、やろうよ」

「大丈夫？」

「いいから、早く」

半ばやけっぱちのように促して、弦はその辺にあった枕を引き寄せるとぎゅっとしがみついた。

ここでやめたって、仕方ない。

自分は間違いなく男が好きで、それは慣れない異物感に苛まれながらも身体が興奮したままなのが何よりの証拠で、いよいよ最後の一線を前にした今も不安より期待の方が遥《はる》かに大きいのだ。

認めてしまうととても楽で、弦は腰を突き出した恰好を恥じながらも、自分から僅かに両膝を開いて受け入れやすくした。

江崎の手が腰から背中をすっと撫で、そのまま前に回って掌を胸に当ててくる。激しい鼓動を確かめるようなその仕種《しぐさ》は優しくて、弦はなんだか可笑《おか》しくなってしまった。

ぐっと先端が潜り込んでくる衝撃に息を詰めないよう努めて身体を弛緩させながら、途切れ途切れの声で呟《つぶや》く。

「な……んか、ごめ……」

「ん……?」

「俺、慰めるって……言った、のに」

前戯にあれだけ時間をかけさせてしまい、今もこちらを気遣って慎重に身体を進めてくる江崎は、慰められるどころの話ではないだろう。手練《てだれ》た相手に抱擁されるように癒される時間を過ごすつもりだったはずの彼は、こんな手間暇かける羽目になって呆《あき》れているのではないだろうか。

焦らずにゆっくりとすべてを収めた江崎が、背中から覆い被さってきた。弦の耳許に口唇を寄せ、耳朶《じた》を柔らかく食《は》んだあと、苦笑混じりに囁く。

「あんまり可愛いこと言わないでよ」

「……、別に……っ」

「これ以上可愛くされると、……」

よく聞こえなくて、振り返るために首を僅かに捻《ひね》ったとき、奥まで挿り込んでいた塊がずるりと動いた。咄嗟に鋭い声を上げ、枕をぎゅっと握り締めた弦は、背後から江崎に強く抱き締められて息を呑む。

「ん、っ」

「……痛くない？」

「……たく、痛くない、けど」

ゆったりとした間隔で抽挿《ちゅうそう》され、まともな言葉も綴《つづ》れない。めくるめく快感に溺《おぼ》れるなどということはなかったが、弦は胸がいっぱいだった。

今、同性と身体を重ねていると思っただけで、鈍い感覚しか得られないそこがひくひくと蠢《うごめ》くのが自分でもわかる。色気がないと堂上《どうがみ》に言われたことがふと過り、ひどく達観した気分になった。

セックスは何度もしたけれど、本当の醍醐味《だいごみ》を知らなかったのだ。ものをよく見ている堂上相手だからこそ、子どもっぽさが抜けない、どこか淡白な印象しか与えなかったのは当たり前だろう。

ときおり嬌声混じりの荒い息を繰り返す弦の耳許で、江崎がかすれた声で尋ねてくる。

「気持ちいい？」

「わっかんな……、けど」

「うん？」

「江崎さんのが……挿ってると思っただけで、もう」

取り繕う余裕もなく、素直な体感を口にした刹那、耳許で江崎が息を呑んだ。拘束がさらにきつくなり、がっちりと捕らえられたまま身体を大きく揺さぶられて、呑み込めない唾液が口唇の端から枕に沁《し》み込んでいく。

「ぅ、あ、んっ」

そのまま慣れた手管に導かれ、弦は何も考えられないまま、声を上げ続けたのだった。


交代でシャワーを浴びると、すっかり疲れてしまった。江崎が新しく張り直してくれたシーツが気持ちよく、いったん横になるともう起き上がりたくなくなる。

それでも頭を擡げ、弦はとろんとした目で聞いた。

「江崎さん、俺のこと泊めてくれんの？」

「えっ」

その質問に驚いている江崎に首を傾げると、呆れたため息が返ってくる。

「当たり前でしょ。こんな時間から外に放り出すような真似《まね》するように見える？」

「んー…見えないけど、でもなんとなく……江崎さんって、終わったあとはさっさと切り替えるっぽく思える」

弦の台詞に、江崎は珍しく一瞬だけ視線を泳がせた。当たっていたんだな、と思っていると、ベッドの端に追いやられる。

「まぁ、否定はしないけど。でも吉岡《よしおか》くんは別」

「なんで？」

「可愛いから」

端的に言い、江崎は弦の額にかかった髪を長い指で払った。じっと見つめられ、その目がこれまで見たどのシーンよりも優しく感じられて、先ほどまでの時間の記憶も相俟《あいま》って恥ずかしくなる。

くるりと壁側を向くとき、残念そうな顔をした江崎が視界の端に映ったが、弦はそれ以上見ていられなくて強引に目を閉じた。

江崎は無理やり向きを直させることはしなかったが、隣に潜り込むと背後から弦を柔らかく抱き締めてくる。

「可愛いから、まだ帰したくない感じ」

「ふぅん……」

素《そ》っ気《け》ない返事をしたが、悪い気はしなかった。弦はどちらかというと、セックスよりもいちゃいちゃ触れ合っている時間の方が好きだった。少し考え、異性とのセックスでは行為そのものにそれほど重きを置けなかったせいだったのだと気づき、複雑な気分になった。

「……おやすみ」

そっと囁かれ、江崎がサイドボードのランプを消す。弦は目を閉じていたが、瞼の裏を染めるオレンジ色が薄まったので灯《あか》りが落とされたのがわかった。

けれど、身体は疲れていても頭が妙に冴《さ》えていて、眠りはすぐに訪れてくれなかった。

「……」

今夜ここに至るまでの過程をつらつらと思い起こし、初めて抱かれた最中は混乱していて飛び飛びになっている記憶を埋めようとしていると、ふと祐輔の存在を思い出す。

いつか祐輔とも、こんな関係になれるだろうか。

しかし、そう考えた瞬間、心臓が嫌な感じでばくばくと脈打った。鮮明に浮かんでいたはずの祐輔の顔が、急速に靄《もや》がかかったように薄れていく。

曖昧《あいまい》な輪郭を残すだけとなった幻の面影《おもかげ》に、これ以上の想像はできなかった。祐輔とセクシャルなこと、この二つがどうしても結びつかない。

やっぱりよくわからないままなのかと胸の奥で呟き、弦はタオルケットを引き上げると自分の顔を隠すように鼻先まで覆う。

初めて男とセックスして、いろんなものが見えたのに。自分がもっとも見極めたかった一点は、相変わらずぼやけたままだ。

もやもやと消化不良の感情を打ち消したくて寝返りを打とうかと思ったが、江崎と顔を合わせるのもなんだか恥ずかしくて、弦はぴくりとも動かずそのままの姿勢で横たわっていた。

背中から、彼の気配を感じる。安心するようで落ち着かない、一向に鎮まることのないこの気持ちは、間違いなく江崎のせいだ。

目を閉じると、綺麗《きれい》な長い指が瞼の裏に浮かんだ。あの指で弄られたいろんなことを思い出せば、発熱したかのように身体中が火照《ほて》る。

うっすらと瞼を開け、薄闇《うすやみ》に朧気《おぼろげ》に浮かぶ家具を眺めて、弦は気取《けど》られないように細く息をついた。

自分の腹の前で緩く交差する腕が思いがけず力を秘めていたことも、身体を包むファブリックから仄《ほの》かに香る江崎の匂いも、意識すると眠れなくなる。

可愛いと何度も口にした江崎。これまで一度も言われたことがなかったから、身体を重ねることで初めて抱いた感情だったのだろう。

弦も同じだった。江崎が優しいというのは以前から感じていたが、それは彼の処世術なのではないかと思わなくもなかったのだ。自分がへこんでいる夜に、初体験の相手に丁寧に手ほどきするほど辛抱強く優しかったなんて、今夜初めて知った。

——好きなのが祐輔さんじゃなくて、江崎さんだったらよかったのに。

ふとそんな考えが浮かび、小さく噴き出す。

江崎ならきっと優しい恋人になるだろうけれど、本当に振り向いてほしいのは祐輔にほかならない。理屈で片づけられないのが、恋なのだ。みんながみんな恋を理性でコントロールできるなら、魔性の女に翻弄される男もホストに入れ揚げる女も存在しない。

これまで自分がしてきた恋愛が稚拙《ちせつ》なものだったと知った今も、思い通りにならないのが恋だと理解しているほどには経験を重ねているつもりだった。

腹に回る江崎の手の甲にそっと掌を重ねて、弦は今度こそ眠りに就こうと目を閉じた。

＊

仕事が終わり、ロッカールームで作業着から普段着に着替えていた弦は、着信メロディがこもった音で流れたのに手を止めた。ロッカーに入れっぱなしのバッグからスマートフォンを引っ張り出せば、着信を知らせるランプが点滅している。

画面に表示された『江崎さん』の文字を見た瞬間、通話を取ろうとしていた指は止まってしまった。

躊躇しているうちに、着信メロディはかかってきたときと同様、唐突に鳴り止《や》んだ。ほどなくして、今度はメールの着信を知らせる短い音が響く。

操作して文面を表示させた弦は、一読してその場に佇《たたず》んだ。

——久しぶり。元気？　今度吉岡くんがこっち来るとき、ご飯食べに行かない？　この前見つけた店、たぶん吉岡くんも気に入ると思うんだよね。

話し口調そのままのソフトな文面を眺めていると、江崎の笑顔が浮かんでくる。その瞬間、鼓動が驚くほど速くなって、弦は慌ててスマートフォンをバッグに突っ込んだ。

のろのろと着替えを続行しながら、江崎との夜を思い出す。あの晩から、江崎のことを考えるとどうも落ち着かない。

あの日、江崎は終始優しかった。朝は先に起きていたが弦が目覚めるまで寝かせておいてくれ、起床した弦があたふたしても笑っただけで咎《とが》める台詞は一つも零れてこなかった。

よく利用するというマンション近くのカフェで朝食兼昼食をとって、それから江崎に誘われて映画を観に行った。

映画なんて少し待てばレンタルで半額以下で観られるものだから、弦は殆《ほとん》ど行ったことはない。上映中の作品の中にも取り立てて興味をそそられるものもなく、江崎が適当に選んだものを一緒に観た。

それでも、昨日の今日で照れや緊張からろくに話せず、ブランチ中も常が信じられないほど口数が少なかった弦だから、喋《しゃべ》らなくて済む映画というチョイスはありがたかった。まぁ――江崎はそのあたりまで見越して映画館に連れてきたのだろうと思わなくもなかったけれど。

普段なら日曜日の最終ぎりぎりまで遊ぶのだが、疲労や恥ずかしさでそれどころではなく、土曜の夕方にもかかわらず弦は青梅《おうめ》に帰ると言った。江崎は特に突っ込まず、駅まで送ってくれたのだった。

気をつけて、と手を振った江崎の柔らかい笑顔を思い出し、弦はバッグの肩紐《かたひも》に頭をくぐらせて斜め掛けにするとロッカーの扉を閉める。

あれから二週間。その間一度も、江崎には会っていない。

檜皮《ひわだ》デザインに出張する機会がなかったのが最大の理由だが、仕事がなくても週末都心に出て友達と遊ぶことも珍しくないから、積極的に会う気になれなかったと言うのが正しい。都心なんて、その気になればいくらでも行ける。

二週間の間に、江崎からは三通のメールをもらった。一通目は身体を気遣う文と檜皮デザインに来るときにまた会おうというもので、二通目と三通目は食事の誘い。

二通目のメールをもらったときに何か違和感を覚えた弦は、これが江崎からの初めての誘いであることに気づいた。これまで何度も食事をしたり遊びに付き合ってもらったりしたが、すべて弦から誘うばかりだったのだ。

社交的な江崎だから、予定がない限りは弦の誘いを受けてくれた。けれど、ずいぶん親しくなったと思っても、彼から誘われたことは一度もなかった。来る者は拒まず、去る者は追わずという彼のスタンスはこれまでにも感じていたけれど、初めてのお誘いメールを見たとき、それが江崎にはとても珍しい行動だと直感したからこそ、弦は自分の描《えが》いていた『江崎像』があまりはずれていなかったと再認識したくらいだ。

あの晩を境にこうしてメールを送ってくるのは何故《なぜ》なのだろう。そして、文面がどことなく優しく感じられる気がするのは、思い過ごしだろうか。

——元気だよー。その店行きたい！　楽しみにしてる。今度いつそっち行くかまだ決まってないけど、決まったら連絡するー。

ロッカーに背を預けたまま、返信を打つ。軽い口調で綴ったが、文面からは想像もつかないほど時間がかかった。送信したあと思わず息をついてしまい、弦は複雑な表情でスマートフォンの画面を眺める。

あの晩から、どうにも変なのだ。

相手が江崎だと思うと、どうも意識してしまう。江崎に会いに都心に行かないのも、メールだけでこれなので顔を合わせたら緊張しそうな気がして、会うのはできるだけ避けたいというのが本音だった。なんでこうなったのかわからない。

嫌いになったわけではなく、むしろ前より近づいたと思っている。身体を重ねたのだから、実際そうだろう。自分と正反対と言っていい性格の彼を好ましく思っているのは以前と変わらず、ただ、前は江崎と過ごす時間が無条件に楽しかったのに比べ、今はどこかそわそわと落ち着かないのだった。

まぁ、あんな醜態を見せたあとだし……と項垂《うなだ》れて、弦は熱くなってきた頬に手の甲を当てた。俺が慰めてあげるというあの台詞を、今でも後悔している。偉そうなことを言ってその後の展開があれでは、撤回もしたくなるというものだ。

ぼんやりしていると、手の中のスマートフォンが突然着信メロディを奏で始めた。びっくりして反射的に取ってしまい、江崎だったらどうしようと思ったのとほぼ同時に、聞き慣れた声が流れてくる。

『もしもし弦、今大丈夫？』

「え――あ、大丈夫だよ。どしたの」

祐輔の声に、弦はそっと息をついた。驚きのあまりどきどきしていた心臓が、緩やかな鼓動を刻み始める。

落ち着いてきたとき、祐輔が言った。

『弦、最近忙しいかな。ちょっと会って話したいことがあるんだけど……』

「話？　何？」

『電話ではちょっと。できれば直接話したいんだ。無理かな』

「繁忙期じゃないし、いいよ。週末だったら今週も来週も空いてる」

『そう？　じゃあ……早い方がいいな、今週の土曜はどう？』

「オッケー。金曜じゃなくて土曜だね」

『うん。金曜は、遅くまで会議が入ってて……ごめん』

謝る祐輔に構わないと笑顔で言って通話を切ったが、弦は内心で首を傾げた。二人で会うときは、弦の出張にくっつけるせいもあるが金曜の夜が大半だった。金曜が無理なのに翌週に回さなかったところを見ると、よほど急ぎの話なのだろうか。その割には、電話で何も話さなかったのが気にかかる。

「……？」

スマートフォンを目の高さに掲げ、訝しげに眉を寄せて、弦は待ち受け画面を睨《にら》みつけた。

＊

土曜日の午後七時、新宿駅で下車した弦は、待ち合わせ場所で佇む祐輔の姿を見つけて小走りで近づいた。

「祐輔さん」

声をかけると、俯《うつむ》いて文庫本に目を通していた祐輔がはっとしたように顔を上げる。

祐輔は弦の顔を見ると、申し訳なさそうな笑顔を見せた。

「ごめん、無理言って来てもらって」

「ううん。どうしたの？」

弦が尋ねても、祐輔は「ここじゃちょっと」と言うだけだ。店を予約してあるから行こうと促され、弦はとりあえず頷く。

電話をもらってから祐輔の話が何かいろいろ考えたが、思い当たることは何もない。強《し》いて言えば、祐輔の会社は日本の主要都市に支店があるため転勤を言い渡されたのではないかということだ。

もしかして都内を離れるのだろうかと思うと、それだけでひどく胸がざわついた。

祐輔が予約していたという店は、新宿駅から少し歩いたところにあるダイニングバーだった。二人で食事をするときはチェーン店の居酒屋が多かったから、少し意外だった。

席に着き、オーダーを済ませると、祐輔は恥ずかしそうに謝る。

「急に悪かったよ。仕事は大丈夫だった？」

「うん。……話って、何？」

「んー……まぁ、先に乾杯しよう」

ちょうど運ばれてきたグラスビールを掲げられ、腑《ふ》に落ちないながらも弦も倣《なら》った。一時間近く電車に乗りっぱなしで喉が渇いていたので、ごくごくと一気に空にしてしまう。

目を丸くして、祐輔は笑った。

「相変わらずいい飲みっぷりだなぁ。どう、仕事の方は？」

「いつもと変わらないよ。祐輔さんは？」

「俺はこの前一つ大きな山場を越えて、今季のボーナスに期待してるところ」

「あははっ。いっぱいもらえるといいね」

料理が運ばれてきて、食べながらの会話は弾んだ。しばし、祐輔が最近までやっていた仕事のこと、弦の同僚が手掛けた一風変わった特注品のことなど、互いの近況報告を兼ねて話をする。

けれど、どことなくぎこちない雰囲気だった。

祐輔は普段と変わらず穏やかな語り口調だし、弦も――年上の男と、初めて同性同士の性体験をしたなどとは微塵も出さなかった。

それなのにいつも二人で会うときと少し違う気がするのは、祐輔のせいだ。

話があると誘っておきながら、一向に切り出す気配がない。居酒屋ではなくちょっと小洒落たダイニングバーに連れてきて、しかも予約までしていた。それらも違和感の要因の一つだけれど、決定的なのは祐輔が珍しく落ち着きがなくて、そわそわしているように感じられることだ。

結局、店に入って一時間もした頃、痺《しび》れを切らしたのは弦だった。

「――ところでさ。祐輔さんの話って、何?」

「――……」

これまでの饒舌《じょうぜつ》ぶりが嘘のように黙ってしまった祐輔を見て、不安になる。何か、仕事で失敗でもしたのだろうか。それとも、自分の元義父でもある彼の父親が病気でもしたとか。年齢的に、ありえない話ではない。

ところが、祐輔が告げたのはとんでもない台詞だった。

「俺、結婚しようと思うんだ」

「……へ?」

予想すらしていなかった結婚という単語に、弦は間の抜けた声を出したまま固まった。声は確かに聞こえたのに、理解するまでに少し時間がかかった。

切り出した自分が緊張しているせいだろう、微動《びどう》だにしない弦に気づかず祐輔は照れながら続ける。

「相手は、同じ会社の女の子で……俺より二つ下。だから弦より年上だね」

「……、……」

「年齢的にちょうどいいし、結婚するなら彼女しか考えられないし、先週プロポーズしたんだ。大学受験と同じくらい緊張したよ。オッケーもらえた瞬間、思わずガッツポーズしちゃって笑われた」

祐輔はまだ喋っていたが、弦は聞いていなかった。いや、聞いてはいるのだが言葉が耳を素通りしてしまう。

祐輔にそんな相手がいただなんて、まったく気づかなかった。

これまで二人で会ったとき、彼女の話題は一言も出なかったのに。

「夏休み、彼女の郷里に挨拶に行ってきたよ。四国の田舎《いなか》で、とても素敵なところだった。ご両親もいい人で」

お盆に誘いを断られ、彼女と旅行にでも行っているのではないかと言った友人を笑い飛ばしたことを思い出した瞬間——鼓動がありえないほど早鐘を打ち始めた。祐輔の話の内容がようやく頭に届き、全身の血が引いたようにすっと肌寒くなる。

——ぼんやり待ってる間にほかの誰かとくっつく可能性があるんだから。

いつか江崎に言われた台詞が、頭の中をぐるぐると回った。

愚かにも、自分はあのとき江崎に「わかってる」と言ったのだ。わかっているつもりで、実は全然わかっていなかったことに今初めて気づいた刹那、息もできないほど胸がぎゅうっと引き絞られるように疼いた。

優しくて誠実で、頭がよくて努力家で。そんな祐輔を好きになる人間はたくさんいるだろうに、自分は何を根拠に悠長に構えていたのだろう。

「……弦？」

反応がないことを不安に思ったらしい祐輔が名前を呼んだのに、弦は弾《はじ》かれたように顔を上げた。

「お——おめで、とう。びっくりして、咄嗟に何も言えなかった」

「弦」

「ほんとびっくりした。祐輔さん、彼女いるなんて一度も言わなかったじゃん。なんで言ってくれなかったんだよ」

「ごめんごめん。なんか、恥ずかしくて……」

「恥ずかしいことないじゃん。だって俺は祐輔さんの——」

そこで言葉に詰まり、弦は不意に込み上げてきた涙を無理やり呑み込んだ。鼻の奥がつんとして、喉が一度だけひくりと震える。

自分は、祐輔の何なのだろう。

実は好ましく思ってくれているのではないか、そんな甘い期待は完全な一人相撲《ずもう》だったのだと痛感した。祐輔にとって自分は元義弟でしかなくて、でも……。

哀《かな》しみの涙ではなく、ショックが大きすぎて抱えきれない激情が涙となって溢れかけたという感じだった。そう——まだ信じられない。祐輔が嘘をつくはずがないことは誰よりもよく知っているのに、現実感がない。

胸がきり揉まれるように疼き、喉がひくりと鳴る。

グラスを置き、弦は立ち上がった。

「弦？」

「ご、ごめん。ちょっとトイレ」

動揺のせいでグラスを置いたときに大きな音を立ててしまい、祐輔が怪訝《けげん》な表情を向けてくる。それに何でもないと首を振るのが精一杯だった。逃げるようにその場をあとにして、弦はふらふらとフロアを彷徨う。

目に映るものを脳が理解できなくて、案内板の類《たぐ》いを全然見つけられなかったが、料理を運んでいる最中の店員が手ぶらで歩く弦の意図を察してレストルームの場所を教えてくれた。

ドアを開け、洒落た洗面台に張られた大きな鏡に映る自分の情けない表情を認めた瞬間、堪えていた嗚咽《おえつ》が零れた。

「……っ、……」

根性で涙は呑み込んだが、喉が不規則に戦慄き、そのたびに空気を切る吐息が漏れる。洗面台に手をつくと、腕が震えるほど力が入ってしまった。

こめかみに響く、どくどくとうるさいほどの鼓動。いつまで経《た》っても呼吸は落ち着かなくて、早く戻らなければと気ばかり焦る。

引き絞られるように胸が痛み、鏡に映る表情が歪《ゆが》んだ。思わず右手でシャツの胸のあたりを握り締めると、アルコールのせいだけではなく身体が熱くなっているのが感じられた。

口唇を嚙み、鏡の中の自分を睨みつけて、弦は必死に嗚咽を呑み込む。

——何年も迷い続けた日々が、嘘のようだった。この胸の痛みは紛れもなく、自分が祐輔に恋をしていた証拠だった。

「……は」

小さく漏れた声は、自嘲《じちょう》めいていた。当たり前だ。相手の結婚を聞いてショックを受け、それでやっと本気で好きだったのだと気づく。初めて気持ちを見極められたきっかけが失恋だなんて、ありえない。

がたんと音がしてはっと顔を上げると、レストルームに入ってきた客が驚いたように動きを止めた。見知らぬ人を驚かせてしまった恥ずかしさに少しだけ冷静になり、弦は怪訝な顔をした男性客が個室に入るのを鏡越しにぼんやり見送る。

そろそろ席に戻らなければ、祐輔が心配する。心配だけならいいが、不可解な行動から

邪《よこし》まなこの気持ちがばれてしまうのは避けなければ。

けれど——それは絶対に避けるべきことなのか。

かつての義弟が抱く恋心を知ったら、祐輔はどんな顔をするだろう。優しい彼のことだ、困惑はしてもきつい言葉で詰《なじ》ることはしないはず。それなら……

「……」

項垂れて、弦は緩慢にかぶりを振った。詰られなければ何だと言うのだろう。結婚を決意したくらい好きな相手がいる祐輔がこの気持ちを知っても、困るだけなのは火を見るより明らかだ。

急なことで、どうすればいいのかさっぱりわからない。そもそも自分の本心に気づいたばかりなのだ、自分がどうしたいのかも見えない。

どうしたいのか——このまま想いを秘めるのか、伝えるのか。伝えるとしたら、結婚を祝福しつつ冗談交じりに過去のこととして伝えるか、それとも……それとも、婚約者から奪う気概で真っ向勝負するのか。

どうしたら、どうすればと混乱する頭で必死に考えていた弦は、無意識のうちにポケットからスマートフォンを出していた。しかしアドレスを表示させたところで指の動きは徐々に緩慢になり、やがて何もせずにスマートフォンを握り締める。

どうしたらいいのか、江崎に聞きたい。彼なら何と言うだろう。

江崎の顔を思い浮かべた瞬間、鼓動が別の意味でさらに速くなった。最近はそればかりだ。江崎のことを考えると、ひどく落ち着かない気分になる。

祐輔への本音は自覚できた。遅きに失した感はあれど、長年の迷いの答えがようやく見えた。けれど、それなら江崎を思い出すときのこの動揺の理由は何なのだろう。

自分がひどく節操のない人間のような気がして、弦は睫毛《まつげ》を震わせた。

咄嗟のことだったとはいえ、大好きな祐輔の婚約を心から祝福できなかった自己嫌悪も相俟って、このまますべてから目を逸らしたくなる。

恐る恐る瞼を開け、顔を上げて見つめた先には、途方に暮れて口唇を震わせている自分が鏡の中にいた。

＊

「吉岡ー、吉岡！　電話ー！」

　作業場の入り口から大声で名前を呼ばれ、コンプレッサーでマネキンに塗料を吹きつけていた弦は慌てて機械を止めた。防護マスクを外し、汚れた手をタオルで拭《ぬぐ》いながら入り口で待つ社員に駆け寄る。

「檜皮デザインから。三番な」

「はい！」

　作業中に電話などで呼び出されることはまずない。中断するのは大変だから、通常は折り返しかけることになっている。

　どきどきしながら事務所に行き、工房の職人と違ってきちんと制服を着ている女性社員に会釈しながら受話器を上げた弦は、最近やった檜皮デザイン関連の仕事を思い出しながら「吉岡です」と名乗った。

『俺だ、堂上』

「あ、堂上さん……お疲れさまです」

　もしかして江崎だろうかと一瞬過ったが、相手は堂上だった。ほっとするような寂しいような複雑な感情に睫毛を伏せた弦は、次の瞬間思いもよらなかったことを言われて目を丸くする。

『昨日こっちで修理したパーツについてだけど。憶《おぼ》えてるか』

「？　はい」

『手が二つで、一つはうちで直して、もう一つは工房じゃないと直せないからって持って帰ったよな。修理依頼票見てくれるか』

「はい」

電話を保留にし、弦は持ち帰ったパーツの入った箱を持ってきた。蓋《ふた》を開けて同封してある依頼票を抜き出し、デスクに戻る。

「持ってきました。えっと、新東京スクエアビルの……」

受話器を上げて話し出した弦は、堂上に遮られた。

『やっぱり。スクエアの依頼票、右手首になってないか？　で、持っていったのは左じゃないか？』

「――えっ」

さっと青褪《あおざ》め、弦は慌てて箱の中身を取り出した。見た瞬間、心臓が嫌な感じでばくばくと脈打つ。

箱に入っていたパーツは、確かに左手首だ。そして修理依頼票には『右手首』としっかり書かれている。

呆然《ぼうぜん》と言葉を失っている弦の耳に、堂上の淡々とした声が聞こえた。

『今日、うちの担当者が西急《せいきゅう》デパートに修理品持っていこうと出掛けに確認したら、左右逆だった。修理も終わってないし』

昨日、檜皮デザインで修理を施した。いつもは週末に行くことが多いのだが、緊急ということで平日の午後に行き、日帰りだった。

弦は持ち込まれた二つの箱を開け、急ぎだった西急デパートの左手首をその場で修理し、通常の修理依頼として持ち込まれていた新東京スクエアビルの右手首を工房に持ち帰ることに決めた。

ところが実際は修理を終えた左手首を後者の依頼票とともに持ち帰り、工房での修理が必要な右手首を前者の依頼票とセットにして置いてきてしまったらしい。

「す……すみません！　どうしよう、こっちをすぐに持ってってって——」

平身低頭に謝罪すると、堂上は一つ大きなため息をついたあと言った。

『明日、長坂《ながさか》が打ち合わせで本社行く予定があるから。こっちの右手首を長坂に持たせて、帰りに西急の左手首を持ってこさせる。吉岡がわざわざ来なくていい』

「でも」

『工房の仕事ほっぽり出して、こっちに来るわけにもいかないだろうが。ただでさえ、昨日本社に無理頼んで来てもらったのに。かといって、次にお前が来る日はまだ未定だろ。待てない』

抑揚のない声に背筋がひやりとしたのと、厳しい叱責《しっせき》が始まったのは同時だった。

『お前、今月に入ってミスするのこれで三度目だよな。ちょっと注意散漫じゃねぇのか』

「……すみません、……」

『人間だからミスすることもあるだろうよ。でも、やっちゃいけないミスもあるってこと、何年も仕事してるならわかってるよな。これは急ぎだと言ったはずだ』

「はい、……」

『先方には謝罪して、今日納品だったところを二日後にずらしてもらった。今回は事なきを得たけど、次はもうないからな』

変に含んだ言い方をせず、痛いほどのストレートな叱責だった。ぎゅっと受話器を握り締め、弦はただ、堂上に見えていないことを承知で頭を下げ続けるしかできなかった。

きつすぎる口調だとは、微塵も思わなかった。堂上の言葉通り、ミスは三度目だ。過去二回のミスでは、これほど言われなかった。今回は三度目、しかも要注意案件だったのにやらかしたのだから、むしろ堂上の対応は辛抱強いと言っていい。

やがて電話を切ると、斜め前のデスクで仕事をしていた女性事務員がさり気なく視線を外したのに気づいた。見られていたのだと知り、頬が熱くなる。

「……すみません、お邪魔しましたー」

口調だけはいつものように明るく言って、弦は間違えて持ってきてしまった手首を丁寧に梱包し、事務所を出て工房に戻った。明日、檜皮デザインからやってくる長坂に渡さなければならない。

工房でやりかけだった作業を終了させ、細々した用事を片づけると、時刻は七時半を回っていた。

作業着から着替え、アパートに帰る。途中で寄ったコンビニで買った弁当を冷めないうちに取り出して、弦はテレビをつけると食べ始めた。早く気分を切り替えようと、お気に入りのバラエティ番組を選ぶ。

それでも、頭の中は仕事の失敗のことでいっぱいだった。

芸人の笑い声が耳を通り抜けていくだけで、弁当も半分ほど食べたところで飽きてしまった。しばらく持て余した唐揚げを箸の先でつついていたが、やがて嘆息するとプラスチックの蓋を緩く被せる。

テレビを消し、弦はそのままフローリングの床にごろりと寝転がった。

何の変哲もない天井と、安っぽい蛍光灯を見つめていると、江崎の部屋を思い出した。仕事柄かもともとの趣味か、照明に凝っていたあの部屋。インテリアの一部となっていた間接照明やサイドランプの類いはあったが、そう言えば天井の蛍光灯はどうだっただろうと考えても思い出せない。完全に取り外してしまったのか、使っていないだけなのか。

仰向《あおむ》けで天井を眺めていた弦は、あの晩まったく同じ姿勢で天井を見上げていたことを思い出して目を瞬《しばたた》かせる。

触れ合った肌のあたたかさが蘇《よみがえ》った瞬間、猛烈な寂しさが込み上げてきた。

もともと、独りで過ごすのが苦手だ。物怖《ものお》じしない社交的な性格を羨《うらや》ましがられることは多いが、何のことはない、独りでいるのが嫌だから誰かと一緒にいようとしているだけに過ぎない。

小学校高学年の頃から夜に徘徊《はいかい》していたのも、水商売の母親が夕方から家を空けるため、誰もいない部屋にいるのが嫌なせいだった。まぁ——母親が連れ込んだヒモみたいな男がいたときも、彼らと二人きりが嫌だったというのもあるけれど。

ポケットに捻《ね》じ込んだままのスマートフォンを取り出して、適当に操作する。しかし、誰か話し相手になってほしいとアドレス帳をスクロールさせても、この時間はまだ仕事中の友人ばかりだ。

江崎のアドレスのところで指を止め、しばらく凝視したあと、弦はスマートフォンを握ったまま両腕を顔の前で交差させた。小洒落たレストランのレストルームで、祐輔の婚約話を聞いて動揺し、同じように江崎のアドレスを表示させたことを思い出したせいだった。

このところ、思い出すのは江崎のことばかり。サブチーフである彼は、今日堂上から告げられた失敗を知っているだろうか。

注意不足で単純なミスをしたことを、江崎には知られたくないと思った。堂上に怒られたときに感じた情けなさや、工房の上司にミスを報告したときの恥ずかしさはなく、とにかく江崎にはみっともない失態を見せたくない。一生懸命だねと言ってくれたときの笑顔を思い出せば、なおさら強くそう願う。

「……」

どんどん暗くなってくるので、弦はスマートフォンをその辺に放り出すと、勢いよく立ち上がった。こういうときは努めてきぱき振る舞わなければ。覇気のないままめそめそしていたって、何かが前進するわけでもない。

江崎だって、前向きなところがいいと誉《ほ》めてくれた。お世辞かもしれないが、嬉《うれ》しかったのは事実だ。

弁当の残りはあとで食べようと冷蔵庫にしまい、気分を切り替えるために適当な漫画でも読むかと棚を探っていた弦は、奥から出てきたマネキンの頭部に目を瞠《みは》った。普通の人ならぎょっとして腰を抜かしそうだが、弦にとっては見慣れたもので、頭だけ奥から出てきても動じることはない。

昔、まだメイク担当で四苦八苦していた頃、もう廃棄する頭部のメイクを塗料で消したものを練習用に持ち帰っていたのだが、その名残《なごり》のようだ。

懐かしい気分で引っ張り出し、弦は弁当を載せていた折り畳み式の小さなテーブルにそれを置いた。近くを探ると、塗料も出てきた。ずいぶん長い間使っていなかったので固まってしまっているものが大半だったが、薄めれば使えそうなものも混じっている。筆も洗ってからしまっていたので、どうにかいけそうだ。

新聞を取っていないので、首回りが伸びて捨てようと思っていたTシャツをテーブルに広げ、弦は手早く準備を整えた。専用の液を使って塗料をのばし、胡坐《あぐら》をかいた脚の中央にマネキンの頭部を固定して、まず目から描き込んでいく。

使用に耐えるものが少ないので色は限られてしまうが、これは練習ですらない気分転換だ。白目を塗ったあと丁寧に瞳を入れ、アイホールに取りかかった。工房で飽きるほど見ているマネキンや街を闊歩《かっぽ》する女の子たちを思い浮かべながら、最近の流行に沿うように少しずつ色を載せていく。

グラデーションは上手いと誉められた記憶が蘇り、しかしブラウン系のアイメイクが致命的にセンスがないと貶《けな》されたことも同時に呼び覚まされて、思わず苦笑した。

没頭すること数時間――自分でもなんとか納得できるところまで完成させて、弦は両耳の位置を挟むように頭部を掲げ、目線の高さを合わせて正面から見つめる。久しぶりにしてはなかなか上手くできたのではないかと思うが、商品としての合格ラインは越せないだろう。

客観的にそう判断できるようになっただけ、あの当時よりたくさんのマネキンを見て目が肥えたと思っていいだろうか。

何度か角度を変えて眺めたあと、弦は頭部を置いて塗料のケースを入れていた缶を探った。取り出したのは、透明マニキュアだ。

色をつけると本当にリアルな顔になるが、目だけはやはり人間のそれとは比べ物にならない。だから、白目と瞳を描き込んだ部分を透明のマニキュアでコーティングする。すると、たったそれだけで目が濡れたようになり本物に近くなるのだ。

製品の場合は、さらに付け睫毛を貼る。最後にウィッグを被せれば、完成となる。

長期間使っていなかったからキャップが固かったが、力を入れて捻ると開いた。中身は問題なかったので、キャップについた刷毛《はけ》にたっぷりと液を含ませ、ボトルの口でブラシを扱《しご》く。

頭部をしっかりと脚で挟み、前屈みになって顔を近づけると、弦は慎重にマニキュアを塗っていった。

そのとき不意に、かつて堂上に「色気のあるボディを作れ」と言われたことが蘇る。

お前は色気がないんだからもっと経験を積めと言われた意味が、今ならわかる気がした。性体験はあっても、本当の性の悦《よろこ》びを知らなかったわけだから、童顔も相俟って子どもっぽさが抜けていなかったのだろう。

本当は男が好きだったなんて、微塵も思わなかった。

江崎はいつ、自分の性指向を悟ったのだろうか。

江崎に会いたい。どうすればいいかアドバイスをもらいたいという気持ちは既になく、今はただ失恋を慰めてほしい気持ちでいっぱいだった。

慰めるといっても、優しい言葉をかけて甘やかしてもらいたいわけじゃない。傍《そば》にいて、しばらく同じ時間を過ごしてほしい。

自分の話を、江崎は上手に聞いてくれるだろう。胸がいっぱいで話せなくても、黙って穏やかな空気を作ってくれるはず。何も考えたくなくて、江崎さんが喋ってよと頼めば、如才ない話術でくすっと笑えるような話をしてくれるに違いない。

何があったか聞かずに、それでも傷ついていることは察知してくれる気がする。ほんの二、三時間でいい、付き合ってほしいのだ。

かつて何度も、二人で他愛ない時間を過ごしたように。

「……」

なんて自分勝手で甘ったれた考えだろうと自嘲して、弦は口唇を噛んだ。自分と江崎は、付き合っているわけでも何でもないのだ。一介の仕事関係者として互いを労《いた》わり鼓舞するために食事することはあっても、慰めるだの甘えるだのとは違う。

一度だけ寝たけれど、そこに愛情が介在していなかったことは弦自身が誰より自覚していた。それでも、こういうときに顔を思い浮かべてしまうのは、あの晩に何かが変わってしまったのだろうか。

そんなことを考えていると、手許《てもと》が狂った。細かい作業なのに集中力を欠いているのだから、失敗するのは当たり前だ。

「あ——あ、ちょっとっ」

刷毛に含みすぎたマニキュア液が、うっすらとつけた窪《くぼ》みから溢れる。慌てて拭おうとして、弦はふと手を止めた。

「——…」

目尻から零れた透明な雫は、涙に見えた。祐輔と食事をした店のレストルームで堪えた涙が、代わりに目の前のマネキンから溢れているような錯覚を起こし、口唇が震える。

気分転換しようと努めて張り詰めさせていた気が急に霧散していくのを感じ、弦はそのまましばらく、固まっていくマネキンの涙を拭うこともせずにぼんやり見つめていた。

＊

十月二週目の週末、弦は久しぶりに檜皮デザインのビルを訪れた。

恒例の修理《リペア》のためだったが、この日に行くと江崎には言わなかった。それでも、同じビルにいれば顔を合わせることもあるだろう。江崎が現場や外回りなどで外出していない限り、七階建ての小さなビルでは遭遇しない方がおかしい。

やけに緊張してくる己を宥《なだ》めつつ、弦はエントランスをくぐった。営業部のフロアに行くと、目が自然に江崎の姿を探してしまう。どうやら不在らしく、彼のデスクが無人になっているのを見ると、寂しいようなほっとしたような変な気分になった。

逢いたいのか逢いたくないのかどっちなんだと自分に突っ込んでいると、いちばん下っ端のために戸口に近いところに座っていた理《さとる》が気づいて弦を見た。

小さく深呼吸して、弦は明るい声で挨拶する。

「こんちは。修理に来ました」

「お疲れさまです」

労《ねぎら》って、それから理は声のトーンをやや落として尋ねてきた。

「……体調とか悪い？」

「えっ⁉　いや全然そんなことない。なんで？」

「顔色悪いし、ちょっと痩《や》せた気がするから」

そう言ったものの、弦が笑顔で否定したため理はそれ以上突っ込まなかった。理の背後、デスクでパソコンの画面を睨んでいる堂上の姿を見つけ、弦は理に一言断るとフロアに足を踏み入れた。弦に気づいて視線を向けた堂上に小さく会釈し、デスク越しの正面ではなくやや斜め前に立つ。

「先日は、すみませんでした！」

謝って深々と頭を下げると、堂上は鷹揚《おうよう》な仕種で手を振った。

「済んだからいい。もうやるなよ」

「はいっ」

堂上は普段と変わりない無表情で、初対面の人間ならまだ怒っているのではないかと怯えそうなものだったが、それなりに付き合いの長い弦には彼がこれで終わらせてくれたことがよくわかっていた。再び画面に向き合った堂上にもう一度頭を下げ、次に長坂のデスクに向かう。

工房への出張ついでに間違えて持ってきてしまったパーツを戻してくれた長坂にも礼を言い、それから弦は自分のフィールドであるアトリエ室を目指した。

俯きがちに階段を上がっていると、誰かが下りてくるのがわかった。目を伏せたまま少し左に寄って道を譲ろうとしたとき——それが江崎であることに気づいてはっとする。

このビルにいれば顔を合わせるかもとは思っていたが、まさかこんな場所でいきなり遭遇するとは思わず、緊張した。

弾かれたように顔を上げ、目を瞠った弦に、同じように突然の邂逅《かいこう》に驚いていたらしい江崎はすぐにいつもの笑顔になった。長い脚でゆったりと階段を下り、弦のすぐ近くで立ち止まる。

「久しぶり。修理？」

「はい」

頷きながらも、弦は落ち着かない気分だった。江崎を前にしてあの晩の記憶が一気に蘇り、何度も触れ合った口許や縋りついた肩、シャツの襟元《えりもと》から覗く鎖骨などに視線が泳いでしまう。

そわそわしている弦に反して、江崎はまったく普段と変わりなかった。ただ、こちらを見る目がいっそう優しくなったような気は拭えなかった。

「……あれ？　ちょっと痩せた？」

理と同じことを尋ねた江崎に、この人は自分の裸を知っているのだと思えばどうにも居心地が悪く、弦は無理やり笑顔を作る。

「羽根《はね》くんと同じこと言ってる。別に、いつもどおり元気でーす」

「ならいいんだけど」

言いながらも、江崎は心配そうだった。あの晩を境に優しくなったメールの文面を思い出し、どぎまぎして視線を彷徨わせていた弦は、江崎が手にしたものに目を瞬かせる。

自分でも触れたことのないところまで探った、綺麗な長い指——それが抱えているのは、検定のためのテキストだった。

思わず興味深そうに覗き込んだ弦に、江崎は自分が持ったテキストに視線を落とすと口を開く。

「あぁ、これ。今度受けようかと思って」

見せられたテキストは、ライティングコーディネーターの資格取得のためのものだった。

反射的に受け取りかけて、弦はすぐ手を引っ込めた。自分の指先が、溶剤で汚れていることに気づいたせいだった。

午前中は工房で仕事をしてきたが、もちろん出掛けにきちんと洗ってきている。それでも、爪《つめ》の生え際などについた汚れはしつこくて、綺麗に落とすのはなかなか難しいのだ。

洗っても落ちない汚れだからどこかに付着するわけでもなく、これまでは特に気にしたこともなかったが、テキストを持つ江崎の長い指を見たら急に恥ずかしくなってしまったのだった。

不自然な行動を取り繕うように、弦は明るい声で言う。

「こんなのあるんだ」

「民間資格だけど、照明デザイナーとか結構持ってるよ」

「ふぅん……。江崎さん、資格取れるといいね」

「うーん。まぁ正直な話、この手の資格は取ってもあんまり……。試験内容も基礎が大半だし、既に仕事してる人にはそれほど有用じゃないから」

江崎がそう言うのも無理はない。弦がこの前取得した危険物取扱者免許などは国家資格なので、給与が若干上がったり転職時に有利だったりするが、民間資格は基本的に『持っていないよりはいい』程度でしかない。特にデコレーター業界は色や専用ソフト、照明などの民間資格が大量にあり、取得しても査定で考慮されることはあまりないのだ。

それならなぜ、現場歴もそれなりにある江崎が……と弦が首を捻っていると、江崎は苦笑いしながら言った。

「セミナー受けたいから始めたんだ。ついでに受験って感じかな」

「セミナー?」

「俺、先に現場で覚えた口《クチ》だから。この辺で一度、基礎からしっかり固めようかと思って」

テキストをぱらぱらと捲《めく》り、江崎は続けた。

「この前吉岡くんに、俺は俺の何かを持ってるだろうから、それを伸ばせばいいって言われたじゃない。それで」

「……江崎さん」

「最初は、ネックだった色彩やろうかと思ったんだけど。ただ色は俺なりにいろいろやってる結果があれだし、ここは視点を変えて吉岡くんの言うとおり得意分野を盤石にしようかなと」

淡々とした口調だからこそ、決意がにじみ出ている台詞だった。黙って聞いていた弦は、徐々に込み上げてきた喜びに口唇を震わせる。

あの晩、何の励ましや慰めにならなかったけれど。自分の一言で江崎の気分が浮上したなら、それはひどく嬉《うれ》しいことだった。

弦に笑いかけ、それから江崎は真面目《まじめ》な表情になる。

「今晩、時間ある？」

「え……？」

「食事にでも行こうよ」

こちらを見つめる江崎の目が優しくて、弦は目を伏せた。とても行きたいけれど、それと同じくらい行きたくなかった。

江崎と過ごす時間は楽しい。けれど、彼を思うだけで胸がなんだか苦しくなるのに、食事なんてできそうにない。今だって、階段の中腹という中途半端な場所で立ち話しているだけなのに、彼のいろんなところが気になって仕方ないのに。

ここしばらくずっと持て余しているもやもやしたものが胸に満ち、弦は小さくかぶりを振った。

「今日……今日は、ちょっと。羽根くんと先に約束してて」

先ほど会ったばかりの理の顔が咄嗟に浮かんで、弦は嘘をついてしまった。江崎は疑う素振りを見せなかったが、残念そうだった。

「……そっか。じゃあ次は俺が今から予約しとく」

「予約？」

「そう。次に吉岡くんがこっち来るときは、夜あけといて」

約束、と言って、江崎は階段を下りていく。細身だがバランスの取れた背中を見送り、やがて完全に見えなくなると、弦は壁に凭れてため息をついた。

勘のいい江崎だから、こちらが乗り気でないことはわかっているはずなのに、引かずに次の約束に繋《つな》げたのが不思議だった。けれど理由を探ろうとしても、このところ考えることがたくさんありすぎて、頭の中が散らかっていて上手く纏まらない。

「……」

壁に預けていた背を離し、弦はアトリエ室に向かってのろのろと階段を上がり始めたのだった。

新宿駅でしばらく待っていると、理がやってきた。弦の顔を見て駆け寄り、待たせてごめんと謝る。

このまま独り帰ってもまた寂しいんだろうと思うと耐えられず、口から出任せだった『今夜の約束』を本物にすべく理に声をかけると、快く了承してくれたのだった。理は客先に持っていくものがあり、そのまま直帰の予定になっているとのことだったので、新宿駅で待ち合わせることにしたのだ。

感謝こそすれ、謝られることなどない。申し訳なさそうな顔の理に慌てて首を振り、弦は小さく頭を下げる。

「謝んないでよ。こっちこそ、急にごめん……ここまで来てもらって」

「ううん。吉岡くんと食事するの久しぶりだから、楽しみに来た」

突然の誘いだったにもかかわらず、理は事もなげに応えてくれた。それに感謝して、弦は駅を出ながら言う。

「何食べたいとかある？　俺が無理言って呼び出したんだし、羽根くんの希望優先するよ。できるだけよさげなとこ探すし、何でも言って！」

スマートフォンを取り出し、どんな店でも探してみせると息巻くと、理がびっくりしたように目を丸くした。それから小さく噴き出す。

「特に希望はないよ。でも……昼から食べてないし、ご飯食べられるところだと嬉しい。でも吉岡くんは飲みに行く方がいいのかな」

「あ、いや！　じゃあメシも飲みもカバーしてるとこ探す」

「うん。まず食べて、それから移動でもいいよ。我が儘《わがまま》言ってごめん」

相変わらず物言いの柔らかい理に恐縮しつつ、弦は真剣に店を検索し出した。ほどなくして一軒、駅から十五分ほど歩くがぱっと見た感じ落ち着いた店を発見する。

理が同意してくれたのでそこに向かうと、アルコールも扱っているカフェだった。入り口がわかりにくかったが中はほどよく客が入っていて、常連客が多そうな印象を受ける。

幸運なことにちょうどフロアの角のテーブルが空いたところで、周囲を気にしなくてもいい壁際に腰を落ち着けることができた。丸テーブルで、三脚の椅子《いす》のうち一つを荷物置き場にしてしまい、二人でメニューを覗き込む。

適当な食事を頼むと、弦はおしぼりで手を拭《ふ》きながら謝った。

「ほんとごめん。仕事、大丈夫だった？」

「うん。誘われたの昼過ぎだったし、現場もなかったから。お使いもちゃんと終わらせて来たから心配しないで」

大ぶりのグラスに入った水をひと口飲んで言った理に、弦はひっそり感謝した。ほどなくして食事が運ばれてきて、店員に礼を言っている様子を眺め、そういえば理は自分の友人にはあまりいないタイプだなと思う。

控えめで行儀がよく、人を傷つけることを言わない。どちらかというと、祐輔に近い。そう思った刹那、胸が疼いた。

あれ以来、祐輔からは何度か電話があった。婚約者を紹介したいというもので、弦はそのたびに仕事が忙しいと断った。実際は都心に出られないほど忙しいわけではなく、こうして時間を作ることは不可能ではないのだけれど――。

人のいい祐輔は、フィアンセとの顔合わせの食事会を断り続けている元義弟をどう思っているだろうか。

「……元気ないね」

「えっ⁉　そんなことない」

理に声をかけられ、弦は慌てて笑顔で首を振った。しかし、理は苦笑いで言う。

「無理しないでいいって。今日は話聞くつもりで来たから」

「……」

「何でも聞くよ」

おっとりとした口調ながら芯の強さが感じられ、少し意外な気がした。弦の知る理は大人しく、いったん心を開くと誠実でとてもいい友人になる半面、慎重でお世辞にもノリがいいとはいえない性格から親しくなるまでに相応の時間がかかる。裏方に向いた性格から、ある程度の自己主張が必要な業界では割を喰《く》うことが多そうに見えたせいだ。

とりあえず食べようか、という言葉に頷いて、スプーンを取る。話しやすい雰囲気を作ろうとしてくれていることに気づき、理の気遣いを無にしたくない弦は、食事中他愛のない話をしながら自分の気持ちを落ち着けた。本題に入ったのは、食事を終えてアルコールを頼んでからだった。

「俺、失恋してさぁ」

あまり心配をかけても申し訳ないし、自分の柄でもないし。努めて明るく切り出した弦に、理は涼しげな目をほんの少し瞠る。

グラスに添えられていたネーブルに歯を立てて、弦は理ではなく店の壁に掛けられたモノクロのポスターを見ながら言った。

「なんかさ、すごく好きだったんだけど。でも選ばれたのは俺じゃなかったっていうか」

「……向こうが心変わりしちゃったの？」

「ううん。つか、付き合ってない。俺が一方的に好きだっただけ」

言葉にして言うと、やっぱりへこんだ。祐輔はいつも気にかけてくれるし、優しくしてくれるし、なにより常に精神的な支えであろうとしてくれたが、それはまったく恋情からではなかった。

誤解するには充分なほどの愛情だったけれど、所詮《しょせん》は義理の弟に向けたものでしかなかったのだ。

理はしばらくマドラーでグラスの中をつついていたが、やがて口を開いた。

「好きだって言わなかったんだ」

「ん。ちょっと複雑な相手でさ……言ったらいろいろ駄目になるかもって思ったら、なかなか言えなかった。ヘタレだよな」

「……そんなことないと思う」

笑い話に落とそうとした弦は、理が真剣な顔で首を振ったのに動きを止めた。無意識のうちに、だらしなくついていた頬杖《ほおづえ》をはずして姿勢を正す。

「言えない気持ち、わかるよ。そんな簡単に伝えられたら、苦労しない」

「……羽根くん、優しいな～」

「ううん、慰めようと言ってるんじゃなくて……本当にそう思うから」

そう言った理は弦ではなくどこか遠くを見るような目をしていて、少し意外な気がした。

理は真面目で、浮いた話一つ聞くことがなかったが、苦い恋をした経験があるようだった。そう思い、弦は目を伏せる。

何を根拠に、理が健全な恋愛経験しかないと思っていたのか。自分の人間観察なんか、全然あてにならない。

あんなに長い間見ていたはずの祐輔のことを、何も知らなかった。自分の性指向にだって、

まったく気づかなかった。

　そのとき携帯電話の着信音が響き、理が姿勢を正した。ジーンズのポケットから出した携帯電話の表示名を見て、一瞬迷う素振りを見せたのに気づき、弦は慌てて促す。

「出て出て」

「ご、ごめん。――はい。……そうです、外です」

　店内は適度にざわついていて、電話相手の声までは聞こえてこない。それでも、ほんの僅か綻《ほころ》んだ理の口許を見れば、恋人もしくは好きな相手からかかってきたのだろうかと思う。

　そういえば以前江崎が、理には恋人がいるというようなことを言っていたのを思い出した。

　羨ましさ半分、微笑《ほほえ》ましさ半分で視線をずらした弦は、理が珍しく素《す》っ頓狂《とんきょう》な声を上げたのにびくっとした。

「ち、違います。吉岡くん。――そう、その吉岡くんです。今一緒に食事してて」

　弦の顔を凝視しながら繰り返す理の様子からすると、浮気でも疑われてしまったかと申し訳ない気分になった。しかし自分の名前を出して相手に通じるということは、自分も知っている人物ということだ。

　社内恋愛していたのかと思うより早く、理が慌《あわただ》しく話を切り上げ、携帯電話をしまった。

「俺の知ってる人？」

　質問すると、理は一瞬詰まったように見えたが、すぐに普段の顔で頷く。

「うん。堂上さん」

「えっ。なんで堂上さんが……あっ、もしかして今日、ほんとは現場あったとか？　俺が急に会いたいって言ったから、誰かと代わって――」

「違う違う！　ちょっと仕事で確認したいことがあったんだって。もう終わったから大丈夫」

やけに必死に否定しているように見えるが、理の性格からしてこちらに気を使わせまいとしているのだろうと思い、弦は居たたまれなくなった。俯き、常の明るさが萎《しぼ》んだように無言になってしまった弦を見て、理も黙り込む。

それきり二人の間には沈黙が落ちたが、嫌な雰囲気ではなかった。理は静かに、ただ弦の気持ちが落ち着くまで待ってくれているようだった。

やがて弦が小さく息をつくと、理はふんわりと笑った。優しい、けれどどこか寂しげな眼差しに、思わずどきっとしたときだ。

グラスに視線を落とし、理は囁くような声で呟いた。

「吉岡くんは、いろいろ考えた末に好きだって言わなかったんだよね？　勇気がなくて言えなかったんじゃなくて、迷うたんびに言わない方を選んできたってことだよね」

「……まぁ、そう」

「それならそれでよかったんじゃないかな」

顔を上げた理は首を傾げた弦を見て、苦い笑みを口許に滲《にじ》ませる。

「伝えたら関係が壊れるかもしれないからってさっき聞いたけど、それって自分だけじゃなくて相手もきっとつらいよね」

「……」

「それなら……いくら好きでも、好きだからこそ言わないっていうのも、あると思う」

「……羽根くん」

「好きだからって理由だけで、何言っても何してもいいわけじゃないって……そんなふうに思うから」

そう言ったときの理の目はどこか遠くを見ているようで、弦は何も言えなかった。

目を伏せて、祐輔の顔を思い浮かべる。すると連鎖反応のように江崎の笑顔が浮かんでくるのもいつものこと。

小さく息をつき、弦は顔を上げた。

「だよね。——なんかごめん、この話はもう終わり」

目を瞠った理に笑いかけ、伝票に手を伸ばす。

「ありがと。俺、羽根くんと話せてよかった」

「ならいいけど……」

「うじうじしてんの、俺の性《しょう》に合わないんだよね。もう今日で終わり！」

にこっと満面の笑顔で言うと、理も笑みを見せた。控えめなその笑顔には、こちらを気遣う色が見え隠れしていたが、弦はそれには気づかないふりで立ち上がる。

「遅くまで、しかもここまで来てもらってごめん」

「謝らないでいいよ。この店当たりだったね、ご飯美味《おい》しかったし」

「……羽根くんって、つくづく人間出来てるよね」

「えっ⁉」

同僚と言うよりは友達寄りの人物の話を聞いただけだ、そこまで大袈裟《おおげさ》に誉められることなど何もないと言いたげに、理は何度も首を振った。繊細で綺麗な面立《おもだ》ちの理が驚いたように首を左右に振っているのはレアな光景で、弦は思わず噴き出してしまう。

そういえば江崎のタイプは綺麗な子だったなと思い出しながら、弦は会計を済ませた。理は半分出すと言ってくれたが、強引に押し切った。

駅で別れ、青梅行きの電車に揺られながら、弦はぼんやりと窓ガラスを見つめる。

空が暗く、ガラスには自分の顔がはっきりと映っていた。

覇気のない、消沈している顔を見たくなくて、吊り革を見上げる。そこに絡まった自分の指は、爪の生え際に溶剤がこびりついていた。ここに来る前に念入りに洗ってきたが、それでも落ちない職人の証《あかし》を見つめていると、口唇が震えた。

＊

「……っ」

改札機を抜けようとしたとき、思い切り腰を打った。顔を顰《しか》めながらパスケースをジーンズのポケットに捻《ね》じ込み、弦は地下鉄のホームに続くエスカレーターに乗る。

十月も下旬になり、すっかり秋の気配だ。夜は肌寒く、建物内や地下にいるとほっとする季節になっていた。

人恋しさがますます募るこの時期、弦は仕事もないのに都心に出ていた。高校時代の友人三人と予定が合い、飲み会をしたのだ。ただし週末といえどみんな土日にそれぞれ予定があるらしく、泊めてもらうわけにはいかなかったので、日帰りである。

それなのに、今夜は飲みすぎた。

アルコールには強い方だが、うわばみというほどではない。それなのに浴びるように飲んでしまい、最後の方は呂律《ろれつ》がちょっと怪しくなって、同席していた友人たちから心配された。大丈夫だと言って別れたものの、一人になって体裁を取り繕う必要がなくなると、急に酔いが回ってきたのを感じる。

エスカレーターが真ん中まで下りたところで、下の方から地下鉄の到着を告げるチャイムが聞こえた。すぐにエスカレーターを駆け下りだした人と一緒に急ごうかと思ったが、一瞬でやめた。青梅線の最終は遅いので、今はまだ急ぐ必要はない。

弦がホームに降り立つと、ちょうどドアの閉まった地下鉄が発車したところだった。

閑散としたホームを適当に歩きながら、昨晩電話で祐輔と話した内容を思い浮かべる。

『式は弦にも是非出席してほしいんだ』

いつものように食事の誘いを断ったが、祐輔は落胆こそ見せたものの弦を薄情だと責めることなく、明るく話していた。

じくじくする疼痛《とうつう》に口唇を噛み、弦は俯いて薄汚れたホームを睨んだ。これほど好きだったのに、どうしてもっと前に気づかなかったんだろう。

もっと前——祐輔が彼女と出会うよりももっと前、まだ同じ家で暮らしていた頃に。

考え事をしているうちに、ホームには徐々に人が溜《た》まりつつあった。地下鉄の到着を知らせるアナウンスが流れ、微《かす》かな地響きとともに生ぬるい風が頬を撫で上げていく。

夜の十時過ぎだったが、地下鉄は結構混んでいた。早くからホームにいたが、ちゃんと並んでいたわけではなく佇んでいただけだったので、弦は最後の方に乗車した。車内はぎゅう詰めというほどではないにしろ吊り革を確保するのが難しいくらいの混みようで、思わず眉が寄る。しょっちゅう使っている路線ではないので、どの辺りの車両が空《す》いているのかわからなかったのが痛い。

中途半端に隙間があいているので、揺れるたびにあちこちから押され、弦はすっかり辟易《へきえき》していた。人いきれで車内は暑く、酔いも回ってくる。

うんざりした顔で一刻も早く目的の駅に着かないかということばかり考えていた弦は、脇腹にしょっちゅう硬いものが当たるのにため息をついた。すぐ斜め前にいる女性のショルダーバッグの底が当たっているのだ。

最初に痛みを感じた時点で少し身体の向きを変えたのだが、彼女が落ち着きなくしょっちゅう身動《みじろ》ぎするせいでグリグリ当たる。

「……っ」

大きく揺れた衝撃でバッグがぐいっと食い込んだ瞬間、呻き声を思わず呑み込んだ弦は、視線を落として彼女を凝視し——そこで異変に気づいた。

彼女を挟んだ自分の向かい、そこに立っているサラリーマンと思《おぼ》しき男が彼女の身体を触っている。

先ほどからごそごそ動いていたのはこのせいだったのかと合点《がてん》がいき、弦は素早く男の手首を引っ摑んだ。

「⁉」

「あんた何やってんだよ」

はっとした彼女の肩越しに鋭い視線で睨みつけると、痴漢行為を働いていた三十代半ばの男はぎょっとしたように目を瞠った。素行不良だった中学時代、それなりの修羅場《しゅらば》を経験してきた弦の眼差しに、男ばかりか被害者の女性まで竦《すく》む。

掴んだ腕を証拠として上に上げようとしたとき、男が強い力で抵抗した。

「ちょっ……」

「なんですか、いきなり！」

「なんですかって、あんたが何してたのかって話だよ」

男の声は上擦《うわず》っているし、目はきょろきょろと落ち着かない。それでもごまかそうとしている様子に呆れた瞬間、手を振り解こうと男が突き出した腕が弦の肩に思い切り当たった。

一歩引けばバランスを保てたのだが、混雑した車内で後ろに踏み出した足がちょうど誰かの靴に引っ掛かり、小さな悲鳴とともにさっと割れた人波のせいで尻もちをついてしまう。

後ろ向きに倒れる際に誰かの鞄《かばん》の金具か何かが当たったのだろう、頬や二の腕にじんじんした痛みが走った。

深酒をしていたこともあり、かっと頭に血が上ったのが自分でもわかる。すかさず立ち上がり、弦は少しでもこの場から離れようと無理やり人の壁を押し退けようとしている男の肘を掴んだ。

「なんで逃げるんだよ！」

「痛っ……、離せっ」

「疚《やま》しいことがないなら堂々としてたらいいだろ！」

「離せ！」

掴んだ腕を振り回され、ますます怒りが湧いた。離すものかと力を込めて捻り上げる横で、被害に遭っていた女性が泣きながら人混みを掻き分けて逃げる。

騒ぎが大きくなっても、周囲の乗客は誰一人加勢しようとしなかった。ただ怯えた目で弦と男を眺め、巻き添えを喰いたくないのだろう、少しでも身体を離そうとしている。

混んだ車内で、そこだけ奇妙にぽっかりとあいた空間の中、弦はしばし男と揉み合った。場数はそれほど踏んだわけではないが、中学時代にそこそこ喧嘩《けんか》の経験がある。しかし痴漢の方も、捕まったら最後社会的地位を何もかも失うと自覚しているに違いない、全力で抵抗してくるので勝負はなかなか決しなかった。

そうこうしているうちに二人ともドアに近づいており、やがて地下鉄は駅に到着した。ドアが開くやいなや、二人でつんのめるようにホームに転がり落ちる。

相手の肘が頬に当たり、弦は苛立《いらだ》ちに任せて身体を反転させると男をホームに押しつけた。興奮と痛みで頭に血が上ったまま、勢いよく男の上に圧《の》し掛かり、掴んだ腕を思い切り捻り上げる。

そのとき、「こっちです！」という声とともに複数の足音が聞こえた。顔を上げた弦は、地下鉄の利用客と思《おぼ》しきサラリーマンが数人の駅員を引き連れて走ってきたのを見て、ようやく我に返る。

「何やってるんだ！」

呆然とした弦と、逃げることに夢中で駅員が来ていたことなどまったく気づいていなかったらしい男は、すぐに事務室に連れていかれた。

弦は事情を話せばすぐに片がつくだろうと思っていたが、相手の男が痴漢行為を認めなかったために問題が拗《こじ》れた。説明して、すぐに解放されるというのはとんでもなく甘い見通しだったのだと気づいたのは、事務室に通されてしばらくして鉄道警察隊の警察官が来てからだ。

「ちょっと詳しく聴かせてもらうね」

言葉はさほどではないものの有無を言わさぬ口調で促された瞬間、弦は頭が真っ白になってしまった。


「だから、あの人が痴漢してたんです。それで注意して――」

「その被害者の女性が、あなたに助けを求めたの？」

「違います。俺が見たんです。触ってるとこ」

「先に手を出したのはどっち？」

「だから……手を出したとか、そういうんじゃないです。女の子から手を離させようと俺が摑んで、そしたら向こうは振り切ろうと必死になって」

何度目かのやり取りにうんざりしながら、それでも弦は辛抱強く話した。事態は思ったより悪いことになっているのだ。

あれから弦と男は地下鉄に乗せられ、ふた駅ほど先に連れて行かれた。複数の路線が乗り入れている比較的大きな駅で、ここに鉄道警察隊の出張所があったのだ。

別々の部屋に入れられ、弦はもう一時間以上も、この警察官に事情を聴かれていた。

女性に痴漢を仕掛けた不届き者と、それを阻止した英雄——自分たち二人がそうではなく、泥酔して車内で喧嘩を始めた酔っ払いだと捉えられていることに気づいたのは、殺風景なこの小部屋に押し込められてからだ。

入り口に鏡が張ってあり、横切るときにちらりと見えた自分の様相は酷《ひど》いものだった。摑み合いをしたのだから当然と言えば当然で、髪は跳ねているし服は着崩れているし、頰には傷までできている。ちなみに向こうも似たり寄ったりだ。

乗客があれだけいたにもかかわらず、なぜ一人として加勢してくれなかったのかと憤慨していたが、当たり前だった。彼らの目には、酔って気が大きくなった男二人のただのトラブルにしか見えなかったに違いない。

「でも現に、相手は怪我《けが》してるよね？　彼はもともと怪我をしてたの？　違うよね？　あなたがやったんでしょ?」

「満員電車の中で揉み合ったんだから、多少の擦《す》り傷《きず》とかはできますよ。俺だって」

「そう、お互い怪我してるね。それって喧嘩とどう違うの?」

「さっきから何度も……、俺の話聞いてるんですかっ」

先方の乱暴な言葉遣いが伝染しているのは自分でも気づいているのだが、止められない。燻《くすぶ》っていた苛立ちが蘇ってきて、どんどん攻撃的になっていく。

本当に、ついていない。祐輔の婚約話を聞いてからずっと、何もかもが上手くいかない。仕事では失敗続きで、江崎ともぎくしゃくして、挙げ句にこんなことになるなんて。

自分が情けなく、それ以上に悔しくて、弦は口唇を強く噛んだ。

わかっている。原因はすべて、自分の弱さのせいだ。

失恋が言い訳になるはずもない。いつまでもくよくよしているから、集中力がなくて隙だらけ。けれど、わかっていてもどうにかできないのが苦しい。恋が理屈どおりに進まないように、失恋もすぐに癒えてくれないのだ。

職員室にあるような灰色のデスクに警察官と向かい合って座らされた瞬間、酔いは一発で醒《さ》めた。

「相手の男は、本当に痴漢してたの?」

疑わしい眼差しを向けられた刹那、背筋にぞくりと不穏な悪寒が走った。

ざわざわと肌を撫でる、嫌な記憶。

中学時代、深夜徘徊などで補導されるたび、こうやって事情を聴かれた。水商売をしていた母親は連絡がいってもすぐに来ることの方が少なく、待っている間弦はずっと説教される羽目に陥った。居心地の悪い、気まずい、あのときの感覚が久しぶりに全身を蝕《むしば》んでいく。

「ほら、答えて」

高圧的な警察官の口調に、自分の弁明が何一つ信じられていないのだと、はっきりわかった。

頬が痛み、手を当てると、掌に微かに血がついた。治療すらしてくれずに詰問されている現状を思っても、なぜわかってくれないのだという歯痒《はがゆ》さはもうない。

しょっちゅう補導されていたあの頃、どうして言い分が聞き入れてもらえなかったのかよくわかっている。着崩れた制服に派手な色の髪、学生に似つかわしくないアクセサリー。あの風体《ふうてい》で大人が信じてくれるはずもない。

成長した今はそれが理解できているにもかかわらず、まったく同じ状況に陥っているのは愚かとしか言いようがなかった。

私服というのもまずかった。これでスーツだったらもう少しましだったのではないかと思える。

童顔で、遊び呆《ほう》けている大学生みたいな服装で、アルコールの匂いを撒《ま》き散らしながらいくら弁解したところで、そう易々と信じてもらえるはずがない。

「……なんだか、この部屋に来てから態度が落ち着かないね」

意地の悪い口調で言われ、何かを探るような目を向けられて、弦はごくりと喉を鳴らした。

今夜の出来事に、疚しいことは何もない。けれど、過去を知られたら絶対に分《ぶ》が悪くなる。

「俺は、……」

口ごもり、弦はそのまま黙ってしまった。こちらを射竦める警察官の眼差しがあまりにも鋭く、どういうふうに言えば、どんな表情をすれば信じてもらえるのか、まったく自信がなくなったせいだ。

もう、認めてしまおうか――そんな考えが、ちらりと脳裏を過る。

さっさと認めて、示談にするのだ。哀しいかな、過去の経験である程度の知識はあった。相手も後ろ暗いところがあるのだから、示談に飛びついてくるのは想像に容易《たやす》い。示談が成立してしまえば、電車内での小競《こぜ》り合い程度で起訴されることはまずない。

このまま長引かせて自分の過去を調べられるよりは、そうした方がましかもしれない。

「……俺は」

言いかけて、しかし、弦は口唇を引き結んだ。

自分は決めたのだ。更生して、真面目になる。自分のことを考えてくれる人に、もう二度と哀しい思いをさせないと。

小さく深呼吸して、弦は内心の怯えが出ないように気をつけながら、目の前の警察官を見据えた。

「俺は、痴漢を注意したんです。ほんとです。あいつを問い詰めてくださいよ、本当に――」

「じゃあどうして、ほかの乗客は見てるだけだったの？　痴漢が本当なら、誰か一人でもあんたの加勢をしたんじゃないかと思うけどね」

「そんな。ほかの客のことなんか俺がわかるわけないでしょ」

「んー、平行線だね」

深々とため息をついた警察官は、壁に掛かった丸い時計をちらりと見上げた。

「もう遅いし……とりあえずこれ書いて」

書類を目の前に置かれ、住所氏名や勤務先の欄を見たときに、今度こそ凍りついた。

名前を書いて、もしも履歴を調べられたら。前科こそないが、補導歴は数え切れないほどある。善意の第三者の履歴を照会することはないと思うが、加害者と認識されているなら間違いなく炙《あぶ》り出される。

「……どうしたの？　書けないの!?」

警察官の口調がいっそうきついものになり、躊躇している態度がさらなる誤解を招いてしまったのだとわかった。強引に握らされたボールペンで、弦はよろよろとした文字を記入するしかなかった。

このご時世にせっかく得た仕事も、これで駄目になるのだろうか。

厳しくも面倒見のいい先輩同僚たちや、修理の際に訪れるたびに気さくに挨拶してくれる檜皮デザインの面々が脳裏を駆け巡り——最後に江崎の顔が浮かんだ。そしてそれに重なるように、結婚することに決めたのだと報告してきたときの祐輔の笑顔が浮かぶ。

「今日はもう帰ってもらって構わないから。またこっちから連絡します」

「連絡？」

「相手が被害届出したりする場合ね。見たところ、向こうの方が怪我してるよね？」

被害届など出されようものなら、示談どころではない。今度こそ傷害罪で逮捕されて前科がついてしまうかもしれない。初犯だし向こうから手を出してきているが、言い分をまともに聞いてもらえない上に補導歴がある。穏便にすむとは考えにくい。

がっくりと項垂れ、部屋に入れられたときとは打って変わって萎れている弦を一瞥《いちべつ》し、警察官は書類の中身を簡単に確認すると顔を上げた。苦虫を嚙み潰《つぶ》したような顔で、口を開く。

「もちろん、帰っていいとは言ってもあっさり帰宅というわけにはいかないわけだけども」

「身元引受人……」

身元引受人、誰か立てて」

「家族、近くに住んでる？」

「家族……、家族は」

母親は論外だ。真っ先に頭に浮かんだのは祐輔だった。しかし、弦は祐輔の名を言いかけて、すぐに口を噤《つぐ》んだ。

祐輔の勤め先は大手だし、自分と違って本人の履歴も綺麗なものだ。身元引受人としては申し分ない。

それでも呼ぼうとしなかったのは、血縁ではなく義理の、しかも現在は戸籍上の繋がりさえない人物だからではない。祐輔の顔にかぶさるように、江崎が思い浮かんだからだ。江崎の、あのちょっと困ったような笑顔が浮かんだ瞬間——言葉にできないほどの激情が込み上げてきて、弦は口唇を震わせた。

祐輔を呼んだらきっと、心配する。彼なら間違いなく、取るものもとりあえず駆けつけてくれるだろう。単純な傷害事件を起こしたのではないという言い分も、最後まできちんと聞いてくれるに違いない。

それでもおそらく、彼の脳裏には過去の記憶が過るはずだ。粋《いき》がることで自己主張していたどうしようもない子どもを、夜遅くまで探しまわったり身元引受人として警察に行ったりした記憶を。

これまで長い年月をかけて少しずつ証明してきた更生の証は、今晩を境にまた傷がついてしまう。他人に拳《こぶし》を振るった理由を聞いてはくれても、またいつかこういう愚行を繰り返すのではないかと一瞬でも思うはず。

けれど、祐輔に咎《とが》はない。――ひとえに、弦の責任だった。祐輔に少しでもよく思われたくて、彼の前ではずっと気を張ってきた。仕事の愚痴《ぐち》は一つも零さず、いつも笑顔で、仕事が押していても待ち合わせ時間には絶対に遅れないように気をつけて。

偽りの姿を見せていたわけでは決してなく、それらは弦の一面だったけれど、一面でしかなかったのは否めない。

過去が過去だけに、猫を被っていることなど祐輔にはお見通しだっただろう。こちらを見つめる優しい眼差しを思い出せば、更生したことを喜んでいるのはわかる。けれどあまりにもいい子すぎて、過去のイメージとは百八十度違いすぎて、自分に見せない部分ではどうなのだろうと危惧《きぐ》しないとは言い切れない。

「――…」

誰より近くにいると自負しながら、それでもある一線からは親しく交われなかった祐輔との距離の理由に、弦は今夜初めて気がついた。

自分の性指向に気づいても、告白しようだなんて思わなかった。後悔したのは結婚すると聞いてから、やっと。

そしておそらく、祐輔も同じだ。彼女の存在を、一度も匂わせなかった。元義弟の生活ぶりを心配するばかりで、祐輔本人について語ったことなど殆どない。

自分たちはひとえに、守ろうとしたのだ。戸籍上の関係が切れてしまったからこそ、不器用に遠慮しながら、何の繫がりもなくなった二人の元義兄弟という絆《きずな》を。

幻滅されたくない、正直にすべて曝け出すにはほんの少しの勇気が出ない、それは決して幼稚な虚栄心や怯弱《きょうじゃく》じゃない。いっときの感情かもしれない恋情で簡単に壊せるものではない、未来まで本当に大切にしたい大切な人だから。

でも――江崎は祐輔と少し違うのだ。

江崎に対して余所《よそ》行きの顔を見せたことは、一度もなかった。生意気を言い、取り繕うことのない姿を見せて、遠慮なく甘えた。

何も隠さず、すべてあけすけに見せてきたから、江崎は自分のことをよく知っていると自負している。彼なら絶対、信じてくれる。

こちらの話の裏を見ようとせず、変に勘繰《かんぐ》って心配したりせず、聞いたままを信じてくれる。

顔を上げ、弦はかすれた声で質問した。

「家族じゃなくて職場の人でも、いいですか」

「職場？　……まぁ、自分がいいなら構わないけど」

警察官がそう言うのも無理はない。家族に迎えに来てもらい、その後逮捕や訴訟などに発展しなければ、職場にばれるリスクは限りなく小さくなる。くびになる危険を冒して職場の同僚を呼ぶなど、普通はしないだろう。

　それでも弦は重ねて尋ねた。

「俺の勤め先じゃなくて、関連会社の人になるんですけど、それでもいいですか？」

「え、関連会社？」

「勤め先、青梅なんです。みんな工房の近くに住んでるし、今からここまで来てもらうのは難しいから……。関連会社は都内にあって、俺もしょっちゅう行ってるんで社員とも顔馴染《かおなじ》みなんですけど、駄目ですか」

　弦の話を聞いて、警察官はしばらく考えたあと頷いた。もちろん、弦は『同僚』に迎えに来てもらいたいのではなく『江崎』に来てほしいからこその説明だったが、既に大半の路線で終電が行ってしまった時刻だったために説得力があったらしい。

　早速電話しようとスマートフォンを取り出した弦は、それをひょいと取り上げられてしまった。少し考えて、自分に電話させてくれるわけがないと気づく。番号を表示させろと言われ、その通りにすると、警察官は据え付けられた電話から弦が提示した番号にかけた。

　部屋が静かなせいか電話機の音量が大きく設定してあるのか、呼び出し音がこちらにまで聞こえてくる。すっかり日付も変わった時刻を見つめ、江崎はどういう反応をするか気になった。間違いなく来てはくれるだろうけれど、面倒事に巻き込まれていい気はしないだろう。

ほどなくして通話が繋がった瞬間、弦は知らず、背筋を伸ばしていた。

「……あ、夜分にすみません。こちら警視庁鉄道警察隊の――」

警察官が名乗った途端、いつも飄々《ひょうひょう》としている江崎が珍しく慌てた声で聞き返している
のが聞こえる。羞恥に居たたまれなくなりながら、弦は目を伏せた。

「吉岡弦さんというのは、そちらの会社の社員ですか」

『うちの会社――というか、関連会社の社員ですけど。吉岡が何か』

江崎は就寝中だったようで、狼狽《ろうばい》ぶりが半端なかった。ただ内容が内容だけに、話してい
るうちにすぐ覚醒《かくせい》したらしい。

受話器を置いた警察官が、弦を振り返る。

「よかったな。来てくれるって」

「……はい」

小さく頷き、弦は目の前に置かれた書類に記入された自分の字を、ぼんやりと眺めた。


江崎とともに乗ったタクシーの中は、沈黙に満ちていた。

隣に座っていながら、弦は窓枠に頬杖をついて車窓の景色をぼんやりと眺めるだけだった。

頭の中から、先ほど江崎が迎えに来てくれたときのことが離れない。

寝起きにもかかわらず、江崎は三十分ほどで駅に来た。ラフなシャツにジーンズという姿で、財布と携帯電話だけしか持っていなかった。

つい今しがたまで寝ていたせいか、普段よりやたらフェロモンを撒き散らしながら現れた江崎に、警察官は半分呑まれていた。自由業然とした江崎の雰囲気を見て、弦の恰好にも納得したのかもしれない。勤め先は詐称で、フリーターの類いではないのかと疑わしげな目で見ていたくせに、江崎が現れたあとは少し態度が軟化していた。

けれどそれは、服装などのせいだけではなく、江崎の対応によるところが大きかったとも言える。

電話に出たときは柄にもなく慌てていた江崎だったが、駅構内に設《しつら》えられた分駐所に到着したときはいつもの落ち着きを取り戻していた。身分証となる運転免許証のほかに名刺を持ってきてくれていたのには、本当に感謝した。吉岡は紛れもなくうちの社員ですと言い、お世話をお掛けして申し訳ありませんでしたと穏やかに謝罪した。

横柄な態度の警察官にも、江崎は決して笑顔を崩さなかった。一部始終を聞き、世話を掛けたことについては謝ったものの、ご迷惑をお掛けしてだの、うちの社員が申し訳ありませんだの、弦の非を認めるような発言は一度としてしなかった。

書類に必要事項を記入し、日を改めてまた呼び出すと言った警察官に挨拶し、江崎はすっかり意気消沈している弦の背中に手を添えて駅を出た。当たり前だが電車が走っているわけもなく、そのままタクシーに乗せられたのだ。

「お客さん、まだ真っ直《ま》ぐ《す》でいいんですかね」

運転手の問いかけにはっと顔を上げた弦の横で、江崎が僅かに身を乗り出しながら応える。

「あ、すみません。えぇと、そこの……コンビニの角を右折してもらえますか」

た場所で曲がると、江崎はさらに数回方向を指示して、やがてタクシーは弦が一度だけ訪れはマンションの前で停《と》まった。

行き先のことなど何も考えずに同乗したことに今さら気づいて困っていると、料金を払った江崎が笑顔で言う。

「さ、降りよう」

「う……うん」

あまりにも自然に言われたので、頷いてしまった。走り去るテールランプを見送って、それからようやく我に返った弦は慌ててバッグの中を探る。

「江崎さん、今のタクシー代――そうだ、駅に来るときもタクシーだったよね、お金今のと同じくらいでよかった⁉」

「んーまぁ、こんなとこで精算するのもアレだし。とにかく部屋行ってひと休みしようよ」

ね、と穏やかな笑みを向けられて……その瞬間、目の前の江崎の顔が急に驚いたものになって疑問に思った弦は、不意に視界がぼやけたのに愕然《がくぜん》とした。ほぼ同時に喉がひくりと鳴り、じんわり滲んだ涙が零れ落ちそうになる。

慌てて掌で頬をこするふりをして、目も一緒に拭った。けれど、肩が震えるのだけは止められなかった。俯き、情けない顔を少しでも隠したくて、弦は前髪が落ちて影を作っているのをいいことに黙り込む。

そのとき、不意に強く抱き締められて、弦はびっくりして江崎の胸の中で目を瞬かせた。

「江崎さ……」

「……部屋行こう。な？」

優しい、けれど少しかすれた声が、あの晩のそれと重なる。

以前、メールの文面がなぜだか優しくなったように感じたことを思い出した。あれは気のせいではなかったのかもしれない。あの晩を境に自分の気持ちが傾いていったように、江崎も自分を見る目に少し変化があったと思っていいのだろうか。

ぽんぽんと柔らかく背中を叩《たた》かれ、決して顔は上げさせようとしない江崎に胸がいっぱいになって、弦はぎゅっと目を瞑った。柄でもない泣き顔を見せたくないというこちらの気持ちを酌《く》んでくれる江崎は、シャツを濡らす涙を揶揄《からか》うことはない。

綺麗な子が好き、と言った江崎の胸に額を押しつけてしゃくり上げ、弦は涙声で謝る。

「寝てたのに来てもらって、ごめん。俺、馬鹿やっちゃって」

「怪我してるから喧嘩したのは間違いないだろうけど……痴漢を捕まえようとしたんだろ?」

「……信じて、くれんの?」

「そりゃね」

迷いのない声で肯定した江崎は、弦の頭を撫でながら言った。

「昔だったらわからないけど。吉岡くんとよく話すようになってだいぶ経って、どんな子かはだいたいわかってるつもり」

「……、……」

その言葉が胸に沁《し》みて、弦は零れそうになる嗚咽を、口唇を噛むことで呑み込んだ。情けない、そう思いながらも涙がなかなか止まらない。

失恋した、仕事で失敗した、日常でちょっとした行き違いから嫌な展開になってしまった。どれもこの世の終わりと言うべき不幸からは程遠く、大半の社会人なら経験済みだろう。いい歳《とし》をした男が泣くほどのことではない。

だから——頭ではそう思っているのに涙が止まらないのは、目の前に江崎がいるせいだ。好きなのに、みっともない姿を見せなければならないジレンマ。あの場面で江崎を呼んでしまった身勝手な自分への後悔と、来てくれたことへの言い尽くせない安堵と感謝。綯《な》い交ぜになった感情で胸がなかなか鎮まらなくて、涙がどんどん溢れてくる。

江崎は困ったように背中を叩いてくれるが、この場から動こうと促すことはなかった。落ち着くまで待ってくれる優しさが胸にじんと沁みて、弦は無理やり呼吸を整えると、涙は止められないもののどうにか顔を上げた。

目許を乱暴に擦《こす》り、ありがとうと小さく告げると、江崎は呆れたように笑う。

「俺に連絡が来たのは、さすがに驚いたけど」

「……ごめん。やっぱ困ったよね、……」

「うーん、困りはしないけど。こういうとき吉岡くんが俺を呼んだのが、ちょっと意外でさ」

首を傾げた江崎の様子を見れば、本気でそう思っていることが伝わってきた。涙のせいで先端が濡れた前髪を払い、弦は真っ赤になった目で口を開く。

「俺、ほんとはもっと近い人いたんだけど……その人の方が警察も都合いいんじゃないかって思ったけど、でも、江崎さんに来てもらいたくて」

「……吉岡くん」

「江崎さんのことが好きだから」

そう言ったとき、自分を抱く腕が微かに強張ったのを感じた。顔を上げると、江崎が驚いたように目を瞠っていた。

視界がまたじんわりと滲んできて、その顔はすぐにぼやけてしまう。見ているのは幻なのに、涙で消えてしまうのがなんだか可笑しくて、弦は江崎の上着を握り締めた。

「誰か引受人に立てろって言われたとき、江崎さんに来てもらいたいって思った。俺、江崎さんの前ではいろいろ見せてて、だから江崎さんは俺のこと信じてくれるかもしれないって」

「……、……」

「来てくれて……信じてるって言ってくれて、ありがとう。俺、すごく嬉しかった」

弦の言葉に呆然としていた江崎だったが、最後まで言い切った瞬間、強い力で抱き締めてきた。弦が困惑して顔を上げようとするのを許さず、頭ごと抱え込むようにぎゅうぎゅうと拘束する。

「俺もね、吉岡くんのこと好きだよ」

かすれた声で囁かれ、嬉しいのに胸が痛くなった。どうにか身動いで首だけ動かすと、江崎の形のいい耳が見える。

柄にもなくほんのり紅《あか》くなっているその耳に、弦は涙声で呟いた。

「今日はもう帰れないし。江崎さん慰めてよ」

「……本気で言ってる？」

「うん。俺、江崎さんに慰められたい」

あの晩と逆のシチュエーションで伝えると、江崎がようやく身体を離した。額を額にこつんと合わせ、至近距離から弦の目を見つめてくる。

少し迷うような逡巡《しゅんじゅん》のあと、江崎が尋ねた。

「……近所のお兄さんが、好きなんじゃなかったっけ？」

普段と変わらぬ飄々とした口ぶりながら、真実を探るような慎重さが滲む声に、弦は小さく噴き出した。

もう一度乱暴に目許を擦って、言う。

「――あれは……俺の友達の話だって、言ったじゃん」

その台詞に江崎は目を丸くして、それから破顔すると、再び弦を抱き締めたのだった。


シャワーを浴びてベッドに潜ると、当たり前だがあの晩と同じ匂いがした。

細かいところに気がつく江崎らしく、まめに洗濯しているのだろう。しかし、清潔な洗剤の匂いに混じって、彼の愛用しているフレグランスの香りも確かに存在している。

無意識のうちにくんくんと匂いを嗅《か》いでいたのがばれたらしく、江崎が微妙な表情で問いかけた。

「……一応まめに取り換えてるつもりなんだけど、気になる？　もしあれだったら今から換える」

「違う違う。いい匂いすると思って」

「そ、そう」

「江崎さんと同じ匂いがする」

弦の台詞に、以前いい匂いがすると言われたことを思い出したのだろう、江崎は目を丸くしたあと小さく噴き出した。

「わっ」

いきなり抱き込まれてシーツに縫い止められ、上からぎゅうぎゅう押し潰すようにされて、弦が思わず抗議の声を上げると、江崎が耳許で囁いてくる。

「もうちょっとさぁ、こう……ムード作ろうとか思わない？」

「えっ、そりゃ思うよ。思うけどさ」

「ほらー、そこで口答えするのがムードぶち壊しでしょ」

窘める口調ではなく揶揄を含んだものだったので、弦は真っ赤になってしまった。確かに、一連の言動はムードも何もあったものではない。

一度顔を離した江崎に正面から見つめられ、その目がやっぱり優しかったので恥ずかしくなり、反射的に目を閉じるとキスをされた。啄《ついば》むような小さなキスは擽ったくて、僅かに身を捩ったが、ますます強く拘束されて逃げることは叶わなかった。

何度かささやかなキスを交わしたあと互いを見つめ、今度はもう少し深いキスをした。江崎の腕に頭を抱き寄せられ、弦も首筋に腕を回す。

ぴったりと密着したくて引き寄せると、膝を開いて間に江崎の身体を入れざるを得ない。既に形を変えているものを隠したかったが、それ以上に傍にいたくて、弦は自身の濡れた先端が江崎の肌に触れる羞恥を味わいながらも自分から身体を寄せた。

寂しいとか、嫌なことがあったから慰めてほしいとか。そんな気持ちも確かにあったはずなのに、こうして互いの体温を感じながらキスをしていると、ただ少しでも近づきたいからこうしているのかもしれないと思う。

キスが深くなるごとに水音が立ち、部屋の空気を淫靡なものに変えていった。うっすらと目を開けて、内心で苦笑する。ムードがないと怒られたが、江崎のこの部屋にいればそれらしいムードなんかすぐに出来上がってしまうと思うのだ。

現に、自分だってすっかりその気になっている。

「……っ」

不意に下肢をまさぐられ、舌先に神経を集中させていた弦はびっくりして目を瞠った。同時に口唇を離した江崎が、涼しい顔で嘯《うそぶ》く。

「よそ見してるから」

「ごめ……、っ」

「目、瞑ったら駄目」

刺激され、反射的にぎゅっと瞼を閉じてしまうと、やんわりと窘められた。そろそろと瞼を開け、弦は変な声が出てしまわないよう奥歯を嚙み締める。

じっと見つめ合いながら愛撫されるというのは、骨まで焼かれるような羞恥を味わうものだった。些細《ささい》な刺激で目許が歪んだり小さな息をついてしまったりして、そのたびに正面の江崎の目が細くなる。これではどこがいいのか教えているのと同じなのだから、江崎が楽しそうなのも当たり前だ。

感じる部分を指先が掠《かす》めた瞬間肩がびくんと戦慄いて、弦は慌てて江崎のものに手を伸ばした。一度目の晩と同様、ただ翻弄されるだけなのは居たたまれない。

「ん、っ……ふ」

それでもときおり声が漏れてしまうのはどうしようもなくて、弦はごまかすように江崎の欲望に指を絡めると自分がされているのと同じように愛撫した。熱く張り詰めた先端の感触に、くらくらと眩暈《めまい》がしそうだ。キスの合間に切ない吐息を零し、熱心に手の中のものを弄っていると、江崎がチュッと頰に口づけた。

「目が潤んでて、なんか可愛い」

「これはっ、……」

「ん？」

「……、……」

確かに快感に対する生理的な反応で視界が潤んではいるが、ここまでぼやけているのは先ほど泣いた素地があるからだ。わかっているくせにつついてきた江崎を睨むと、尖らせた口唇の先端に小さくキスされた。

「……江崎さんって、意地悪だよな」

「あ、そういうこと言う？」

「だって――あ、あっ！　ちょっと、ちょっと待ってっ、ンッ」

急に強く揉み込まれ、弦は目の前の江崎の肩に縋《すが》りつく。江崎の欲望から手を離してしまったが、今はそれどころではない。

「アッ江崎さん待ってっ、嘘、嘘です！　やっ」

「ムードムード！」

「無理言うなよ……っ」

口唇を噛み、それでも殺し切れずに溢れてくる嬌声を中途半端に呑み込んで、弦は額を江崎の鎖骨に押し当てた。自然に俯く形になり、自分がどう愛撫されているのかがよく見えて、頬がかっと熱くなる。

丸まった背中が震え、弦は涙声で懇願した。

「だめ……、も、ヤバいよ」

「……イッていいよ」

「あ、あ……ッ」

腰の奥から迫《せ》り上がってきた強烈な射精感は、歯を食いしばって堪えられるようなものではなかった。促すように強く擦り上げられ、それが止《とど》めとなる。

俯いた視線の先には江崎の欲望もあったが、やり返すだけの余裕もない。先ほどまでの、こちらの反応をどこか楽しむような愛撫ではなく、今は感じる部分を的確に刺激される。

目の前が涙のせいだけではなくぼんやりと白く靄がかったようになり、弦は息を詰めた。

「ん、あッ、……、……」

切羽詰まった情けない声とともに、弦は江崎の手に白濁を吐き出した。はぁはぁと肩で息をしていると、ティッシュで手を綺麗にした江崎が苦笑しながら覗き込んでくる。

「やっぱり吉岡くん可愛いな」

「……な、に……」

「こんなときまで一生懸命で、すれてない感じがすごく可愛い」

挙げ句、心底愛《いと》おしそうな目で見つめられ、一人だけ極めてしまった恥ずかしさも手伝って、弦は所在なげに膝をすり合わせた。あまり力の入らない手でシーツを手繰《たぐ》り、申し訳程度に下肢を隠しながら呟く。

「俺別に、可愛くないよ。それに江崎さんが思ってるほど純情じゃないし」

「そう？」

「昔、馬鹿やったもん。そのせいで、今日だって……」

言いかけて、弦は口唇を噛んだ。端《はな》から信用しようとしなかった駅員の眼差しを思い出し、悔しさが込み上げる。

しかし、江崎は眉を寄せた弦の眉間《みけん》を人差し指で軽くほぐしながら、事もなげに言った。

「すれてないって、そういう意味じゃなくてさ。なんていうかこう……素直だよね」

「……」

「だから好きになったよ」

キスされて、しばし呆然としていた弦は次の瞬間真っ赤になった。その反応を見て江崎はますます笑ったが、いつもの人を喰ったような笑みではなく心から楽しそうな笑いで、つられて弦も噴き出してしまった。

嫌な一日だったけれど、それだけで胸がじんとする。また明日になればいいことがあるかも、そんな気になる。

「……こっち見て」

甘い声で囁かれ、弦は江崎の目を見つめた。江崎は弦をシーツの上に膝で立たせると、軽く脚を開くように言う。

江崎の手が両足の間をくぐっていくのを見下ろし、羞恥を煽る体勢に怯んで身を捩ろうとすると、あいている左手でがっちり腰を抱えられてしまった。

「俺の肩に手置いて」

胡坐をかいている江崎の肩は、いつもと逆でちょうど弦の胸のあたりにある。おそるおそる手を伸ばして言われたとおりにすると、あの晩一度だけ江崎を受け入れた場所に触れられた。咄嗟に腰が引けそうになったが、ホールドされた腰のせいで僅かに身動ぎした程度しか動けなかった。

最初のときと同様に時間をかけて、指はそこを拓《ひら》き始めた。少しずつ感じる部分を執拗《しつよう》に責められ、弦は江崎の肩を摑んだ指に力を込めながら声にならない呻き声を漏らす。

「……、は……ぅ、ん、……」

丁寧な愛撫は、拷問と紙一重だ。向かい合って表情の変化をつぶさに観察されているから、なおのこと。

目を伏せ、口唇を嚙み、徐々に荒くなっていく息をどうにか鎮めようと浅い呼吸を繰り返す。こちらを見つめる江崎の視線に、焼かれそうだった。

「あ、は」

深く感じる部分を抉《えぐ》られると、膝が崩れかける。そのたびに江崎は腰を抱く腕に力を入れ、弦は目の前の肩にしがみついた。そのうち背を真っ直ぐ伸ばしているのもきつくなり、江崎の首筋に顔を埋《うず》める。

腰を抱いていた左手が背中を撫で上げるように徐々に上がり、そのまま頭を撫でられた。

優しく引き寄せられ、あえかな吐息が漏れる。

江崎の優しさは彼の八方美人な性格の表れでもあり、そつのなさを示す証拠でもあるが、今は真心にも似た愛情を感じた。それがひどく嬉しかった。

たっぷりと時間をかけて慣らされたあと、弦はそっとシーツに押し倒された。覆い被さってくる江崎を見上げて首筋に腕を回すと、口唇にキスされる。目を閉じてそれを受け止め、身体の力を抜いて、ゆっくりと挿ってくる塊を受け入れた。

全部収めてしまっても、江崎はすぐには動かなかった。弦の顔のあちこちに口づけて、やがて焦《じ》れったくなってきた頃、ようやく揺すり上げられる。

「ン、ん」

鼻にかかった声を上げて、弦はまだ違和感の方が大きい体感から読み取れるもののすべてを吸収しようと神経を研ぎ澄ませた。

鈍い痛みはあるけれど、奥の一点を突かれたとき鳥肌が立ちそうなほど感じることがある。これから何回もこんな時間を重ねていけば、きっと前者と後者が逆転するのだろう。

「あ、や、そこ」

「……気持ちいい？」

「うん……、ん」

まだ二度目だから行為に耽溺《たんでき》するというところまではいかないが、一度目よりは格段に楽だった。

思い切り抽挿されることなく、大きな間隔で規則的に揺さぶられるから、快感が拾いやすくなる。入り口付近は相変わらず鈍い痛みはあるものの、押し上げられるたびに零れる声ははっきりと甘さを帯び、弦は両膝で江崎の腰を強く挟み込む。

同性の性器を受け入れる歓《よろこ》びは二度目となる今夜も変わらず、胸に微かな疼痛が宿った。社員として知り合ってから五年、親しくなってからは半年ほど。それだけの歳月をかけたからこそ、今は江崎のことがとても好きだと実感するけれど、祐輔への想いもおそらく恋だったと思うのだ。

けれど、淡い初恋に似た感情から膨れ上がることはなく、長く続く中でどんどん穏やかで柔らかいものに変わってしまったその理由は、きっと——。

「は、ぅん」

感じる奥を先端で捏《こ》ねるようにされて思わず身悶えた弦は、ふと、自分に重なる江崎の顔に祐輔を重ねてみた。その瞬間、考えるより早く内部が拒絶するようにひくつき、江崎が低く呻く。

「ご、め……っ」

「痛かった？」

「そうじゃなくて、……」

首を振り、弦はそのまま江崎の頭を掻き抱いた。首筋に口唇を押し当て、汗のせいで少ししょっぱい皮膚を舐めて、強く目を閉じる。

好きだと思っていてもセックスするところがどうしても想像できない——当たり前だ、祐輔は兄なのだから。特殊な事情や嗜好がない限り、肉親とのセックスは想像すらできない人間の方が多いに決まっている。

祐輔への気持ちは紛れもない恋だったが、幼い初恋と同じだったのだろう。性的なことを考えるまで行かない、一緒にいるだけで楽しくて胸があたたかくなる、そんなささやかな恋だったのだ。

人並みにいろいろ経験してきたつもりではあるが、とにかく男は女と付き合うものだと思い込んでいたから、十代後半になって意識した祐輔への想いは本当の意味での初恋だったに違いない。

「っ、ははっ」

急に笑った弦に、圧し掛かっていた江崎が瞠目《どうもく》する。

その額にもうっすら汗が浮かんでいるのを認め、いつも涼しい顔をした彼が今は自分を抱くために汗を浮かべているのだと思うとひどく愛おしくなり、弦は笑いが止まらないまま胸が切なく締め上げられるのを感じた。

あの長い指が近づいてきて、目尻を拭われる。浮かんだ涙は、笑ったせいか胸の疼痛のせいなのか。泣き笑いのような表情で江崎を見上げた弦に、呆れたため息が返ってきた。

「何が可笑しいの。もう、ほんとムードないなぁ」

「何でも、ない。……っ、なんでも」

「何でもないことないでしょ。どこか擽ったい？」

「擽ったくない。痛い」

口唇を尖らせ、未だ止まらぬ涙もそのままに、弦は江崎の胸に額を押しつける。

「でも……江崎さんとしてるんだって、感じる」

「……」

「俺、江崎さんのことすごい好き」

ぎゅうっと抱き締めて耳許で囁くと、江崎の動きが一瞬止まった。それからすぐに強く奥まで押し込まれ、思わず鋭い声を上げる。

「あ、あっ」

「も……あんまり可愛いこと言わないの」

額に張りついた髪を掻き上げて口づけてくる江崎に、弦はそっと目を閉じた。

なんだか、胸がいっぱいだった。

家族なんていないと、ずっと思っていたのに。母親が再婚したときも、新たにできた父と兄、そして唯一の肉親である母親でさえ同居人程度の存在だったのに。

そんな自分が、何年もかけて愛情を注ぎ続けてくれた祐輔をいつの間にか本当の兄のように思い、家族として慕っていたなんて。

「……なんで泣くの」

優しく尋ね、目尻を拭う江崎に、弦はかすれた声で告げた。

「なんでもない。……俺、江崎さんと恋愛したい」

「え？」

「すごい好き」

怪訝な顔をした江崎にぎゅっと抱きついて、強く目を閉じる。

戸籍上の関係がなくなっても、互いを『兄弟』として認識するだけの太い絆は、恋人同士では繋ぐことができないだろう。けれど、家族間では決して越えることのできない一線を越えて結びつけるのが恋人でもある。

他愛のない会話を交わしながら時間を重ねるごとに仲を深め、つらいときは肌のぬくもりを分け合って慰め合い、互いの存在を励みに毎日頑張って生きていく。江崎とは、そんな関係でいたい。

「だから、そういうことそういう顔で言うのやめて」

「あ、や、ぅ」

何かを堪えるように一瞬眉を顰《ひそ》めた江崎がゆったりとした間隔で揺さぶってきて、弦は奔《ほん》

放《ぼう》な声を上げた。欲望を咥《くわ》え込んでいる入り口は既に感覚がなく、けれどそれに反して江崎を含んだ身体の奥深くはやけに疼いていた。

ひどく感じる部分にときおり先端が当たるたび、脚が痙攣《けいれん》したように震えていっそう強く締めつけてしまうのが自分でもわかる。

「あん、はぁ、ァッ、なん……か、もう」

「……、いきそう?」

問いかけた江崎は先ほどの切羽詰まった表情が嘘のように相変わらず余裕で、弦は思わず恨みがましい目で見上げてしまった。しかし、放置されたまま震えている欲望に指を絡められ、咄嗟に鋭い嬌声を上げる。

「や、あっ、アッ」

下腹部にどろどろした快感が渦巻いているものの、経験が浅いせいで決定打を捉えることができず焦れていた身にとって、徴《きざし》に与えられる慣れた愉悦はダイレクトに全身を駆け抜け、悪寒にも似たぞくぞくとした緊張が尾骶骨《びていこつ》の辺りから脳天まで貫いていった。

「あ、……っ、……ん、はぅ」

「……っ」

絶頂の瞬間、耳許をかすめたため息があまりにも官能的で、弦は極めたあともびくびくと全身を震わせた。膝でしっかりと江崎の腰を挟み、歯を食いしばる。

やがて全身が弛緩してぐたっとシーツに体重を預けた弦は、ゆっくりと覆い被さってきた江崎にキスされて目を閉じた。

「……俺もね、吉岡くんと付き合いたい」

甘みを帯びた低い声に弦が目を瞬かせると、江崎はぎゅっと抱き締めてくる。

「吉岡くんといると、毎日楽しそう」

「……俺、綺麗じゃないよ？」

「めちゃくちゃ可愛いじゃない」

いい子いい子と頭を撫でられ、弦は喉を鳴らして為《な》すがままに甘えてしまった。江崎の言葉が建前ではなく本心なのだと、これまで培《つちか》ってきた時間でよくわかる。

汗ばんだなめらかな背中にそっと腕を回し、弦は目の前にある江崎の鎖骨に口唇を押し当てた。


入れ違いに江崎がシャワールームに消えたのを確認し、弦はスマートフォンを取り出した。午前三時過ぎという時刻に怯んだが、祐輔が就寝中に携帯電話を消音にしていることは知っているし、満たされた今だからこそ……と決意してメール画面を開く。

祐輔のアドレスを呼び出し、いつもは高速で文字入力する弦にしては珍しく、言葉を選びながらゆっくりと打った。

『こんな時間にごめん。仕事が一段落したから、祐輔さんとご飯行きたい。もちろんカノジョも一緒に！』

絵文字を探していると、ウェディングのものが目に入った。胸がちくりと痛み、弦は口許を綻ばせる。

この胸の痛みは失恋ではなく、大事な兄を取られた嫉妬《しっと》だった。

借りたTシャツだけを頭から被り、濡れた髪から落ちる雫を首に掛けたタオルで防ぎながら、弦はぽつぽつと画面を辿る。

『結婚式には行けないけど、二人で住む場所決まったら遊びに行ってもいいかな』

『結婚しても、俺の兄さんでいてください』

考えれば考えるほどシンプルになった文面を読み返し、微かに首を傾げる。感動も何もない変な文章だが、どう直せばいいのかわからない。

送信を終えて五分ほど過ぎた頃――スマートフォンからメールの着信音が響き、弦はびっくりして画面を確認した。

送信者は、祐輔だった。

『こんな時間まで仕事？　お疲れ様。メールありがとう。食事のこと、嬉しいよ。今ばたばたしてるから日程の連絡はぎりぎりになるけど、時間作って必ず連絡するから。もちろん彼女も一緒に』

深夜に起こしてしまったからだろうか、いつもの祐輔のメールより若干テンションが高いなと思いつつ読み進めていった弦は、後半部分で目を瞠った。

『結婚しても、もちろん変わらないよ。俺にとって弦はずっと弟だから。でも弦から兄さんって言われたの初めてで、驚いたけどすごく嬉しい』

返信までの時間から考えるに、推敲《すいこう》もせず打ち込んだまま送ったようだ。けれどそれが、祐輔の興奮を伝えてきた。初めて会ったときから変わらず兄として付き合ってくれた祐輔だったけれど、弦が兄さんと呼んだことは確かに一度としてなかった。

メールにロックをかけて、弦はスマートフォンを置いた。じんわり滲んできた目を乱暴にこする。

そのときバスルームから江崎が現れて、弦は慌てて咳払《せきばら》いした。

「どうしたの？」

「何でもない」

「……メール？」

シーツの上にぽつんと置かれているスマートフォンを目敏《めざと》く見つけ、江崎がやや牽制《けんせい》するように言った。その表情に噴き出して、弦はベッドに座ったまま脚をぶらぶらさせる。

「江崎さんじゃあるまいし、こんな時間に誰かとメールで悪さなんかしてないよ」

「えぇー、俺だってそんなことしてないよ」

「どうかな～。江崎さん、遊び人だからなぁ」

口唇を尖らせ、弦は缶ビールを二つ持ってきた江崎を見上げた。一つ受け取り、にこっと笑いかける。

「俺と付き合ってる間は、合コンとか禁止」

「当たり前でしょ。俺どんなふうに思われてんの……」

ぼやいた江崎に、弦は思わず笑ってしまった。隣に座った江崎に肩を抱かれ、声を上げて凭れかかる。

江崎は手管に長《た》けた大人だし、平日の職場は離れているから、その気になればいくらでもこちらに気づかれることなく遊べるに違いない。けれど、彼はそうしないのではないかという確信があった。夜中に警察から呼び出され、まだ付き合っていない人間のためにとるものもとりあえず駆けつけてくれるなんて、誰にでもできることじゃない。

「……」

ほぼ同時に缶ビールのプルタブを引いて、その同時っぷりに顔を見合わせて笑顔になって。

互いに引き寄せられたのは缶ではなく、目の前の口唇だった。

＊＊＊

「あ、これ！　これなんてどう？」

「……うーん」

「イマイチ？　じゃ、これは？」

デパートの食器売り場でディスプレイされているペアのカップをいろいろ手に取っている弦に、江崎は気乗りしない声で応える。

やる気のない江崎に、弦は持っていたカップをそっと戻すと口唇を尖らせた。

「ちょっと、真面目に考えてんのかよ」

「いやまぁ。……あのさ、食器リクエストされたの？」

「リクエスト？」

小首を傾げた弦に、江崎は先ほど弦が戻したカップの向きをきちんと前に向けながら言う。

「結婚祝いに食器や写真立てはさぁ……定番っちゃ定番だけど、結構かぶるよ」

「えっマジ⁉　ネットで見たらペアカップがいいって」

「どうだろ。何が欲しいか聞いた方がいい気がする」

「駄目。気を使わなくていいって絶対言われるから」

きっぱり言い切ると、江崎はしばらく襟足を掻いたあと、ずらりと並んだ食器を眺めた。

その横顔を見上げ、弦は僅かに目を眇《すが》める。

シャツとジーンズという軽装に柔らかい髪を適当に流しただけの江崎だが、やはり目立つ。垢抜《あかぬ》けているせいだ。どのフロアに行ってもちらちら振り返る人は男女問わず一定数いて、面白くない。当然、彼らが見るのは江崎であって、平凡を絵に描いたような弦を見る人間は一人としていない。

ただ見方を変えれば、その江崎の隣にいるのは自分だ。そう思えば優越感を覚えるのだから、気分は複雑だ。

よく晴れた日曜日、弦と江崎は都内のデパートに来ていた。来週、祐輔とその婚約者と会うことになっている。元義弟という関係と祐輔の父親の気持ちを慮り、式には出ないけれど、その代わり食事の席でちょっとしたプレゼントを贈ろうと思って、センスのいい江崎に見立てを頼んだのだ。

両手を腰に当てて少し背中を反らすように並んだ食器を一瞥し、江崎は隣の弦を振り返る。

「そもそも、どういう趣味の人たち？」

「んー。……改めて聞かれると……」

「シンプルなのが好きとか定番が好きとか、ブランドものが好きとかあるじゃない。その辺どうなの」

「……」

思案顔で黙り込んだ弦を眺め、呆れたような表情の江崎だったが、じきに噴き出した。やや乱暴に髪をくしゃくしゃとされて、考え事に没頭していた弦は慌てて江崎の手を払いのける。

「ちょ、やめっ」

「親戚の新郎宛でしょ。それほど親しくないんだ？」

「いや親しい。親しい……けど、趣味とか欲しいもんとかは……えっと」

「やっぱりあんまり親しくないいんじゃない」

先刻までのやる気のなさはどこへやら、今は上機嫌で目の前のカップを検分している江崎を見上げ、弦は内心で嘆息した。『親戚の新郎』イコール『近所のお兄さん』だと双方承知で喋っているのは明白で、居心地が悪い。

開き直り、弦は江崎に言い放つ。

「だから貴之《たかゆき》さん連れてきたんじゃん。貴之さんなら目は確かでしょ」

付き合うことになり、互いに名前で呼ぶようになった。まだほんの少しの気恥ずかしさを感じながら江崎の名前を口にして――しかしすぐに突っ込まれる。

「えっ。そんなふうに思われてて嬉しい……わけない、適当に持ち上げて俺に丸投げしてるだろ絶対」

「あ、えっ」

図星を突かれて、弦は変な呻き声を出した。彼の言うとおりだ。食事会が決まってからずっと悩み続けて、でもどうしても答えが出なくて、江崎なら何とかしてくれそうと思ったのが現状。

食器売り場や寝具売り場でうろうろしていると、腕時計を見た江崎が口を開いた。

「漫然と探してても仕方ないし、少し早いけど昼にしない？　そこでゆっくり考える方がいい気がする。相談乗るから」

ありがたい申し出に二つ返事で頷いて、弦は江崎と連れ立ってデパートを出た。少し歩いて適当な店を見つけ、まだ空いている店内に腰を落ち着ける。

向かい合わせに座ってランチをオーダーすると、江崎が弦に言った。

「式、いつだっけ？」

「再来月の日曜日。俺は出ないから、時間とかは詳しく知らないけど」

「そう。……向こうは弦に出てほしかったんじゃない」

そう言って目を細めた江崎の表情は優しくて、弦は甘酸っぱい気持ちで水の入ったグラスに手を伸ばした。祐輔が元義兄ということや、複雑な家庭環境のことなど、江崎には何も話していない。いろいろ感づいていることがあるだろうが、知らないふりを貫いてくれる、そういうところがすごく好きだと実感する。

「わかんない。でも俺も出席できなくてちょっと残念なんだ、帝都ホテルのフレンチめちゃくちゃ美味《うま》いしさー」

照れ隠しに笑いでごまかすと、江崎が驚いたように言った。

「へぇ、行ったことあるんだ？」

「ん、友達の結婚式で。高校の友達だから俺と似たり寄ったりな感じの奴なんだけど、逆玉でさ〜。俺らの中ではいちばんの出世頭」

当時のことを思い出し、弦は口許に笑みを刻んだ。帝都ホテルの招待状を受け取って仲間全員で緊張し、新郎の顔に泥を塗ってはいけないとひたすら大人しくしていた披露宴。

「その代わり二次会ではっちゃけちゃって、あとで聞いたら新婦が若干引いてたって。親族が一人もいない二次会でよかった」

あれからも新郎とは仲良くしているけれど、自宅に招くのは新婦が絶対反対しているとのことで、お宅訪問は許されていない。そう言うと、江崎はわざと厳《おごそ》かに言った。

「明るいのが弦のいいところだとは思うけど、あんまり飲みすぎないように」

「わ、わかってる」

迷惑をかけてしまった自覚があるだけ、弦は神妙に何度も頷いた。

あの痴漢騒ぎは、思わぬ形で結末を迎えた。騒ぎの翌日、被害者の女性が駅に名乗り出てくれたのだ。

あのときは怖くて、弦たちが下車したときに一緒に電車を降りるタイミングを逸したことも手伝って帰宅してしまったが、自分を助けてくれた人物を置き去りにした罪悪感に眠れなかったらしい。翌朝いちばんに駅を訪れ、名乗った上で経緯を説明したようだ。

翌日、江崎のマンションで鉄道警察隊から携帯電話に連絡があったときは、すわ呼び出しかと身構えた弦だったが、内容は報告だけだった。揉み合った相手が間違いなく痴漢をしていたこと、したがって彼はその後女性の出した被害届によって罰せられるが弦はお咎めなしとなり職場に連絡も行かないこと、それを聞いたときは胸を撫で下ろした。

居丈高《いたけだか》に取り調べた警察官から謝罪の一言がなかったのは不満だったが、泥酔して騒ぎを起こしたのは事実だった以上、先方の態度もやむを得ないものだったかもしれない。江崎と気持ちを通い合わせてひと晩経ち、頭もすっきりして冷静に客観的な判断ができる状態だったため、そこは呑み込んで反省することにしたのだ。

「俺も懲《こ》りたし反省してる。大丈夫だよ」

「そう？　とりあえず、今年中は約束守ること」

「……はい」

約束とは、飲んだ日は必ず江崎に連絡するというものだ。例の痴漢騒ぎのためだろう、お開きになった時点で江崎に連絡を入れることと、オールでなければその晩は江崎のマンションに泊まることを約束させられてしまった。

とはいえ、かなり緩い約束だ。大人な彼らしく、交友関係を大事にする弦を束縛することはなく、飲み会があると言うと楽しんでおいでと自由に行かせてくれる。予《あらかじ》め申告があれば、朝まで遊んでいても構わない。

ただ、付き合い始めの今はとにかく一緒にいたくて、弦が自主的に飲み会を減らしているのが現状だ。また、約束をフェアにするなら江崎が飲み会に行くのも許さなければならず、それが嫌だから自分も自粛しているに過ぎない。

江崎はそのあたりの機微を察知しているようで、満足気な顔で毎週末のように都心に来る弦をあちこち連れて行ってくれるのだった。

「結婚式か。結構多いよなぁ……」

「貴之さんも、再来週行くんだっけ?」

「そうそう。今が第二次ピークって感じ。四年くらい前が第一次ピーク」

専門色が強い高校を出た弦と四年制大学を卒業した江崎とでは、社会人になってからの年数が違うためか、友人たちの結婚ラッシュの時期が少しずれている。弦の友達は二十ちょっと過ぎにどっと結婚したのに比べ、江崎は二十代後半と三十代前半の今がピークらしい。

再来週は友人の披露宴に参列する江崎を見つめ、弦は一度だけ目を伏せたあと、努めて明るく切り出した。

「……貴之さん、人の結婚式とか出ると、やっぱり結婚願望みたいなの出てきたりする?」

弦の問いに江崎は目を瞠り、次ににやりと笑う。

「心配？」

「ち……違うよ！　単に聞いただけ」

慌てて否定したが、江崎は楽しそうに笑っていた。その反応に拗《す》ねた弦を悪戯《いたずら》っ子のような目で眺め、テーブルの下でこつんと爪先《つまさき》をぶつける。

「これまで十回以上人の結婚披露宴に出たけど、一度もありません」

わざと慇懃《いんぎん》に言った江崎に胸を撫で下ろしたとき、頼んだランチが運ばれてきた。向かい合わせでいただきますと口を揃《そろ》え、カトラリーを手に取る。

フォークを持つ長い指を見つめ、それから弦は洗っても取れない汚れがついた自分の指先を眺めた。

祐輔の前では普通に、むしろ誇らしく晒していた汚れた指。江崎の前では隠したいと思うこの気持ちこそが、恋なのだとしみじみ思う。いい面だけを見せようとした祐輔に対し、江崎の前ではずいぶんいろいろ見せてしまったけれど、ここだけは逆だった。

甘い幸福感がじんわりと胸に沁み、弦はそっと、祐輔を思う。

今の自分がこんなに満たされているのだから、結婚したいほど好きになった女性と巡り会えた祐輔も同じだろう。

ずっと愚弟を見守ってくれた兄には、誰よりも幸せになってほしい。淡い初恋は初恋のまま終わったけれど、これからは弟として兄の幸せを祈りたい。

自分が幸せにすべき相手は、向かいにいる江崎になったのだ。

「弦のその指、俺好きだよ」

目が利く江崎には見抜かれていたようだ。慌ててテーブルの下に手を隠した弦に、江崎は重ねて告げた。

「その指見てると、俺も頑張らないとって思うから」

その言葉がとても嬉しくて、弦は咳払いを一つして照れを隠すと、テーブルから出した手でカトラリーを握ったのだった。

その後

「……よし」

掃除機のスイッチを止めて両手を腰に当て、吉岡弦《よしおかゆずる》は部屋の中をぐるりと見渡すと大きく頷《うなず》いた。

築年数がそれなりなので、部屋がどことなく薄汚れているのはどうしようもないが、かなり綺麗《きれい》に片づいた。ここまで気合いを入れて掃除したのは、もしかすると入居以来初めてかもしれない。

手をはたいて掃除機のコードをしまった弦は、部屋に備えつけの収納扉を開き、顔を顰《しか》めた。

部屋は綺麗になったが、いろんなものをここに突っ込んだので、半間ほどの収納スペースはカオスな状態になっている。今にも雪崩《なだれ》落ちてきそうな細々した物をぎゅっと押し込み、弦は無理やり掃除機をしまった。物が零れ落ちる前にサッと扉を閉め、息をつく。

スマートフォンと財布をパンツのポケットに入れると、弦はマンションをあとにした。

今日は、恋人である江崎貴之《えざきたかゆき》が初めてここに来るのだ。

慣れた足取りで細い路地を駅に向かって進みながら、弦は複雑な表情になった。

初めてのお宅訪問だが、弦はそもそも、付き合っている相手を自分の部屋に招待したいと思っていなかった。古くて狭いワンルームマンションだし、これといった娯楽があるわけでもない。しかもインテリア好きの恋人は都心のお洒落《しゃれ》なマンションに住んでおり、とても自分の部屋など見せられたものではないと思っていたのだ。

それがどうしてこんなことになったかというと、先週江崎の部屋でインテリア雑誌を眺めているときに自分が発した何気ない一言が原因だった。

『俺の部屋も、もうちょっとどうにかしたいなぁ』

『どうにかって？』

『なんか薄暗くて雰囲気悪いんだよね。こういう部屋とか、憧れる』

打ちっぱなしのコンクリートにフローリング、これ見よがしにマウンテンバイクが飾ってある若い男性向けの部屋の写真を指すと、江崎は少し考えたあと言ったのだった。

『照明変えたら？　俺、見てみようか』

――かくして互いの仕事が休みの日曜日、江崎が弦の住む青梅《おうめ》まで来てくれることになったのだが、約束の時間が迫るごとに不安が大きくなってくる。

住んでいるところも着ているものもお洒落な江崎のことだ、恋人の部屋を見て幻滅しないだろうか……。

そんな危惧を抱きながら待ち合わせ場所である交差点に行くと、ほぼ同時に駅の方から江崎が歩いてきたのが見えた。弦の顔を見つけるなり笑顔になった江崎にはにかみ、大きく手を振る。

「お待たせ。――なんか懐かしい」

周囲をきょろきょろしながら言った江崎に、弦は小さく首を傾《かし》げた。

「江崎さん、この前本社来たのっていつだっけ？」

「もう……半年？　いや、もっと前じゃないかな」

「あ、俺と工房で話したときが最後？　あれから来てないの？」

「うん。もともと本社行くことあんまりないからねぇ」

二人で肩を並べて歩きながら、他愛のない会話を交わす。弦にとっては通い慣れた道だが、隣に江崎がいると思うとなんだか変な気持ちだった。日常なのに日常じゃない、複雑な感覚がある。

当初は部屋に招くのは気が進まなかったが、いざ当日になるとやっぱり楽しい気持ちが勝った。今日が初めてなのに、また次も来てくれるかなと気が早いことを考えてしまうのだ。

檜皮《ひわだ》デザインが分社化する前はここ青梅の本社が勤務地だった江崎は、勝手知ったるという感じで歩いていた。ただし、弦が通りを外れて細い道に入ると、途端に興味深そうに辺りを見回し始める。

「この辺、歩いたことない？」

「うん。というか、俺食事なんかも本社近くですること殆《ほとん》どなかったし、駅と本社の往復だけだった」

「ふぅん……。江崎さん、本社勤務だったときどこ住んでたの？」

「立川」

　挙げられた地名になるほどねと独りごち、弦は微妙な表情になった。青梅に通いやすく、なおかつ都心に出やすいギリギリの位置にあるのが立川だ。本社時代から夜遊びの噂が絶えなかった江崎を思い出し、面白くない気分になる。

　弦も深夜まで遊び回るのが好きだが――あくまで男友達と騒ぐのが好きであって、疾《やま》しいことは何もないが――やはり朝はできるだけ寝ていたいし、仕事で疲れたらさっさと帰りたい。したがって住まいは工房の近くのマンションを借り、週末都心に遊びに行く生活を就職以来続けている。

　隣を歩く江崎をちらりと眺め、今日も変わらず垢抜けた姿を見て思わず苦笑してしまった。今日は特に外出の予定はなく、いわゆる『お家デート』だが、江崎のこの恰好なら急に出かけることになっても大半の店に入れるだろう。本人は別に気合いを入れてきたわけではなく、本当に普段着で来たつもりに違いない。けれど、いつもは涼しげな表情をほんの少し子どもっぽい印象にしながら路地裏の街並みを眺めている様子は、たまに擦れ違う人間の目を自然に引き寄せている。

　僅《わず》かな間だけ義理の兄だった祐輔《ゆうすけ》と暮らした影響で、少し年上の男といると居心地のよさを覚える弦だが、江崎といるとたまに釣り合っていないのではと不安になることもあるのが正直なところだった。

　自分の住む三階建ての小さなマンションが見えてきて、弦はやや引け目に思いながら江崎に言う。

「あれ、俺のマンション」

「へぇ、なかなかよさそうなマンションだね。あーでもやっぱり、ちょっと日当たり悪そうかな……」

　白い壁が完全に灰色になったボロマンションなのに、江崎はそんなふうに言ってくれた。エレベーターがないので外階段を上がり、弦は二階の中住戸である自分の部屋に案内する。

「えっと、……どうぞ」

　角が錆《さ》びた鉄製のドアを開けて江崎を中に入れると、弦は部屋の中央に座るよう促して、コーヒーを淹《い》れるべく湯を沸かした。じきにインスタントコーヒーを淹れたマグカップを二つ手に、小さな折り畳みテーブルの傍に座る江崎の元に行く。

　差し出されたカップに口をつけながら、江崎はぐるりと部屋を見回して笑顔を見せた。

「いい部屋じゃない。生活感あって落ち着く」

「え、マジ⁉　……ん？　生活感？」

「うん。弦の趣味がいろいろ窺《うかが》えて、いい感じ」

　漫画雑誌や塗料の入った缶、仕事関係の本や資料を並べた棚を見て言った江崎に、弦は曖味な笑みを返した。片づけ過ぎて殺風景になってしまったかもしれないと自分では思っていたが、それはあくまで掃除前の自分の部屋が比較対象の場合そう見えるというだけで、江崎の目には雑多な雰囲気に映っているようだ。

羞恥に微かに震えている弦に首を傾げつつ、江崎はコーヒーを飲み終えると窓を見上げて言った。

「光源、あの窓だけか……暗いわけだね。壁も白じゃなくて砂壁だし余計かな」

「う、うん。昼もそうだし、夜電気つけててもなーんか薄暗いんだよね」

「一度カーテン閉めて、蛍光灯つけてみていい？」

「うん」

言われたとおりカーテンを引くと、「黒よりグレーにした方がいいかも」とアドバイスをもらった。モノトーンが恰好いいと思って、さほど深く考えることなく入居時に黒いカーテンを買ったのだが、江崎曰くそのせいでいっそう暗いイメージになってしまっているようだ。

弦がつけた蛍光灯の光量を確認したあと、江崎はカーテンを開けて言う。

「この蛍光灯、型が古いから暗いんだよ。新しい照明つけた方がいいと思うな」

「じゃあそうする。電気屋で新しめのやつ買ってくればいい？」

「んー、このマンション築何年？　アダプタあるのかな」

部屋の中央に立って訝《いぶか》しげな顔で照明を睨《にら》みつけている江崎を見て、弦は首を振った。

「ごめん、わかんない。この電気、俺が入居したときについてるやつをそのまま使ってる」

「そっか。ローゼットついてるなら問題ないけど、ついてなかったら新型の照明が設置できない可能性があるな。見てみようと思うんだけど、踏み台ある？」

「踏み台……はないけど、お風呂の椅子とかなら」

「バスチェアは壊れるかもしれないから駄目だな。……あ、このベッド動かしていい？」

「いいよ」

弦が使っているのは、通信販売で買ったありふれたパイプベッドだ。男一人でも簡単に動かせる重量だから、移動させてもまったく問題ない。

テーブルを畳んで隅に置き、二人でベッドに近づいて少しずらそうとした弦は、ベッドの下にプラスチック製の衣装ケースを置いていたことを思い出して脚で押した。しかし、ケースがベッドの脚に引っかからないようガサツな仕種《しぐさ》で適当に蹴った瞬間、衝撃で引き出しが僅かに飛び出し、中から指が顔を覗《のぞ》かせる。

「うわ!?」

普段は飄々《ひょうひょう》とした江崎らしからぬ声に、驚いたのは弦の方だった。びくっと身体を竦《すく》ませて見やると、江崎は目を見開いて中途半端に開いた引き出しの中を凝視している。

視線の先を追って、それがマネキンの手首であることを確認した弦は、ほっと胸を撫《な》で下ろしながら言った。

「マネキンだから大丈夫だよ。サンドペーパー掛ける練習するのに使ってるやつ」

「そ、そう……。いきなり指が出てきたから心臓止まるかと思った」

未《いま》だどきどきしているらしく青褪めた顔で呟《つぶや》いた江崎に、弦は思わず噴き出してしまった。

肩の震えはすぐに収まらず、逆にどんどん大きくなってしまう。

「あははっ、ちょ、江崎さん……っ、マネキンなんか仕事でいっぱい見てるだろ……っ」

「見てるよ、見てるけど急に引き出しから手首だけ出てきたら驚くに決まってる！」

「あははは、駄目、笑いが止まんない」

身体を折って爆笑している弦に、江崎は憮然とした表情で黙り込んだ。さすがに自分でも恰好悪いと思っているらしい。

とはいえ原因は不精して脚で衣装ケースを蹴った自分にあるので、弦はどうにか笑いを収め、ベッドを動かす。

江崎は咳払いを一つすると弦に断ってからベッドに上がり、照明を調べるとすぐに下りた。

「大丈夫、ついてる。だからどの照明器具買っても大丈夫」

「マジ？　よかったー」

「この部屋は天井が低いから、今ついてるのみたいなペンダント型じゃなくてシーリング型の方がいいと思う」

「わかった」

こくこくと頷き、弦は小首を傾げる。

「今日じゃなくて次の休みでいいから、一緒に買いに行ってくれる？」

「もちろん」

「ついでにカーテンも見てほしい」

「どこでもお付き合いしますよ」

快諾してくれた江崎に嬉《うれ》しくなって、弦は頬を緩ませた。

江崎のセンスで選んでもらえたら、この部屋も少しはお洒落になるだろう。それに何より、次の約束を取りつけられたことにどきどきする。

もう付き合い始めてからある程度の時間が過ぎて、遠慮などはない仲だが、それでも不思議なもので次のデートの予定がはっきり決まると嬉しくなるのだ。

にこにこしていると、江崎がぎゅっと頭を抱え込んできた。髪をくしゃくしゃするように撫でられ、耳許で囁《ささや》かれる。

「あーもう、可愛いなぁ」

「や、やめてよ」

慌てて身を離し、乱れまくった髪を必死に撫でていると、江崎が笑った。

「さて、じゃあベッド戻すか。次置くときは壁からちょっと離した方がいいな」

「なんで？　布団落ちるから？」

「いろいろあるけど、壁にくっついてるとベッドが揺れたときに隣に音が響くでしょ」

一瞬眉を寄せた弦は、江崎の言わんとすることがわかってさっと顔を紅くした。慌ててベッドに手を掛け、照れ隠しも相俟《あいま》ってごりごり押し始める。

挙動不審な弦に、江崎が慌てて言った。

「待って、戻す前に掃除機かけた方が」

「……確かに」

今までベッドに隠れていた部分の床に大きな綿ぼこりが点在しているのに気づき、別の意味で羞恥を覚えながら弦は物入れに近づいた。――しまったと思ったのは、勢いよく扉を引いたあとだ。

「あっ」

どさっと倒れてきた掃除機に続き、先ほど無理に押し込んだものが零れてくる。

慌ててもう一度突っ込んだが、ぽろぽろ雪崩れてくるものはきりがなく、穴があったら入りたい気分になった。

「俺が来るから一生懸命片づけたんだ？　やっぱり可愛いなぁ」

「う……」

そんなふうに言ってくれる江崎に胸が痛くて、弦は強引に扉を閉めようとする。

「待て待て。無理に入れても駄目だよ、落ち着いて」

「見、見ないで……」

「ほら、まず掃除機出して。あとは……」

不自然に途切れた声を疑問に思い江崎を見ると、無表情で動きを止めていた。その目が物入れの奥を凝視していることに気づいた瞬間、江崎が突然飛び退《すさ》る。

「ど、どうし……」

常の落ち着きぶりが信じられない勢いで、未だ部屋の中央に斜めに置かれたままのベッドに背中を強打した江崎を目を丸くして見ていた弦は、はっとして物入れを覗き込んだ。

薄暗く狭い物入れの中は、昔買って今は読んでいない漫画本や、もらったきり使わずにしまったままの引き出物の食器などがごちゃごちゃと積んである。形の揃わない箱や缶が今にも崩れそうに積まれたその奥――戸口から射し込む微かな光に照らされ、こちらを見つめる目がきらりと光ったのを認め、弦は慌てて弁明した。

「ご――ごめん！　この前気分転換にメイクしてたマネキン、ここにしまったの忘れてた！」

「……、……」

「人の頭じゃないから大丈夫だよ、これもマネキン。ほら、ねっ⁉」

上体を突っ込んで引っ張り出したマネキンの頭部を江崎に示すと、息を呑《の》むような音が零れた。それきり、二人の間には沈黙が落ちる。

――しばらくして、江崎は身体《からだ》を起こすと、シャツの裾を直しながらかすれた声で呟いた。

「家でもいろいろやってるんだ。仕事熱心だね」

「江崎さん……」

「俺も見習わないと」

そう言った江崎はいつもどおりの優しい笑顔だったけれど、顔色が悪く口許が引き攣《つ》っていたのは否定しようのない事実だった……。


駅で江崎と別れたあとマンションに戻った弦は、ごろりとベッドに仰向けに転がった。

天井を見上げ、思わずため息をひとつ。

あれから江崎はどことなく緊張したままで、弦がどこか開けたり探ったりするたびにびくびくしていた。しかも、上がったばかりのときは落ち着いていい感じだと誉めてくれた部屋なのに、早々に帰ってしまったのだ。

当然、ベッドを二人で使うことはなかった。明日は月曜日で互いに仕事があるから長居しないことは最初からわかっていたが、まさかたった数時間で帰られてしまうとは予想もしていなかった。

口唇《くちびる》を尖らせ、弦は内心でぼやく。

仕事でしょっちゅうマネキンを目にしているはずだから、あんなに怖がられるとは思わなかった。恋人の仕事はマネキン職人なのだ、部屋からちょっといろいろ出てきたくらいで驚かなくてもいいのに……。

とはいえ、思わぬところからマネキンのパーツだけが突然出てきたら動揺してしまうのはわからなくもない。もし棚に普通に飾られていたら、たとえそれが腕だけだろうとウィッグもつけていない頭部だろうと、江崎もあれほど怯まなかっただろう。いかにも服が入っていそうな衣装ケース、何の変哲もない薄暗い物入れの奥。そんなところからいきなり出てきたから、怯えたのだ。

そもそも、いくら江崎がマネキンを扱う仕事をしているといっても、自分のように日々大量のマネキンに囲まれて製作しているのとは違う。デスクワークもあれば打ち合わせもあって、職人ほどは慣れていないのだろう。

せっかく来てくれたけれど、二度目はないかもしれない。ただでさえ江崎の部屋とは正反対の古いマンションだ、彼がここに来たい理由など一つも思い当たらない。居心地がいいと誉めてはくれた部屋は、いつどこからマネキンのパーツが転がり出てくるかわからない、彼にとって恐怖の部屋になってしまったのだ。

しかもマネキン騒ぎの一度目、大笑いしてしまった。いつもスマートな江崎だから、笑われたことに気分を害した可能性は充分ある。

配慮が足りなかったな……と反省し、弦は身を起こした。パンツのポケットに入れていたスマートフォンを取り出し、画面を眺める。

今頃江崎は電車の中だ。電話をかけるのを諦め、メール画面を開く。

迷った末、弦はストレートに文を打った。

『今日は来てくれてありがとう。ちゃんと片づいてなくてごめん。電気付け換えるとき、また来てくれる?』

本当は照明器具交換などという理由ではなく、ただ恋人の部屋だからという理由だけで来訪してほしいけれど、自分の不注意のせいでそこまで望むのは勝手すぎるだろう。

メールを送信し、しょんぼりした気分でいた弦は、ほどなくして鳴り響いた着信音にはっと顔を上げた。慌てて通話ボタンを押す。

薄い機械の向こうからは、駅特有の雑踏とともに江崎の声が流れてきた。

『メールありがと。電話したかったから途中で降りた。なんか急に帰っちゃってごめんね』

「う……ううん! 貴之さんは何も悪くない、俺が――」

『またお邪魔させてもらうよ。照明付け換えたあとも、また』

こちらの言葉を遮って告げた江崎に、弦は目を瞠《みは》った。あの短いメールから、江崎は年下の恋人の危惧を察知してくれたらしい。

黙っている弦に、江崎は苦笑混じりに続けた。

『ほんとはもう少しいるつもりだったんだけど、ちょっとカッコ悪くて居たたまれなかったからさ。今度は泊めて』

「うん……うん、もちろん」

『俺に気を使ってマネキン片づけたりしなくていいからね。……家でも仕事頑張ってるんだねって、あれお世辞じゃなくて俺の本心だから。電車乗りながら、マネキンのパーツがあるのが弦の部屋なんだよなって思った』

「……、貴之さ……」

『今日はこれ以上情けないとこ見せたくないから帰るけど、次はもっと長くいさせて』

胸がじんわりとして、弦は見えていないことを承知で何度も頷いた。やがて電話を切り、ほっと息を吐く。

とんだ『お家デート』になってしまったが、年上の恋人の優しさに救われた思いだった。今日のことも、いつか笑い話のひとつになってくれるだろうか。

「……」

そうなるように努力しようと思い、弦はスマートフォンをベッドの上に放り投げると、隅隅まで整理すべく物入れの扉を勢いよく開けたのだった。

あとがき

はじめまして、こんにちは。うえだ真由です。このたびは拙著をお手に取ってくださって、ありがとうございます。

今回発行していただいたこの『ロマンチック・レプリカ』は、以前ルチル文庫さんから発行していただいた『きっと優しい夜』のスピンオフになります。完全に独立したお話なのでこの文庫一冊で完結しているのですが、もしちょこっと出てきたキャラクターにご興味を持ってくださった方がいらっしゃったら、前作もあわせてお手にしていただけると嬉しいです！

何かを作る仕事って、素敵だなと思います。

私は家庭科はまあまあ人並みにやれたのですが（調理実習を除く……）美術はからきしで、特に粘土や木材を使った工作は壊滅的な出来にしかならなかったので、職人さんは決して手が届かない憧れの職業です。

一言で職人と言っても、その仕事内容は本当に様々ですが、小さなものから大きなものまで長年培ったスキルで見事に作り上げる職人さんは皆さん尊敬の対象です。伝統工芸品はもちろん、一見したところ工場で大量生産しているような汎用品も、実は結構手作業で作っているパーツが多くてびっくりすることも多々。

テレビをつけっぱなしにしていると、たまにニュースで「○○の季節になりました」と言って、ランドセルだったり風鈴だったり注連縄《しめなわ》だったりせっせと作っておられる職人さんの姿が流れることがありますが、見事な手つきに魅せられて食い入るように見てしまう……。

勝手な個人的イメージですが、同じものを長く作り続けてベテランの域に達した職人さんはおそらく、勘の良さや指先の繊細さ、根気や責任感がある方なんだろうなと思っています。

今回のお話の主役の弦は、子どもっぽくて落ち着きのない若者ですが、きっと根にはそういうものを持っているんじゃないかと（半ば願望が……・涙）。長く従事していくうちに、弦もだんだん一人前の職人さんになってくれるといいなと思います。

イラストは、前作に引き続き金ひかる先生がつけてくださいました。

ここ数年原稿を書くスピードがなかなか戻らず、金さんには今回もご迷惑をおかけしてしまい、もう申し訳ない気持ちでいっぱいです。それなのに今作にも素敵なイラストをつけてくださって、本当にありがとうございました。

今回の作品を書くにあたって、金さんが前作で描いてくださった江崎のラフに一目惚れして彼を主役カプにしたプロットを切ったので、とても楽しみでした。お忙しい中恰好いいイラストを描いてくださって、心からのお礼を申し上げます。
また、担当さんをはじめ校正さんやオペレーターさんなど、製作に携わってくださった方
方にもお世話になりました。
そして何より、お読みくださった方にも心からのお礼を申し上げます。
前作を気に入ってくださった方や、今作を初めてお手に取ってくださった方に、少しでも
楽しんでいただけたら嬉しいです。

うえだ真由

✦初出　ロマンチック・レプリカ……………書き下ろし
　　　　その後………………………………書き下ろし

うえだ真由先生、金ひかる先生へのお便り、本作品に関するご意見、ご感想などは
〒151-0051 東京都渋谷区千駄ヶ谷 4-9-7
幻冬舎コミックス　ルチル文庫「ロマンチック・レプリカ」係まで。

幻冬舎ルチル文庫

ロマンチック・レプリカ

2013年10月20日　　第1刷発行

✦著者　うえだ真由　うえだ まゆ

✦発行人　伊藤嘉彦

✦発行元　株式会社 幻冬舎コミックス
〒151-0051 東京都渋谷区千駄ヶ谷 4-9-7
電話 03(5411)6431［編集］

✦発売元　株式会社 幻冬舎
〒151-0051 東京都渋谷区千駄ヶ谷 4-9-7
電話 03(5411)6222［営業］
振替 00120-8-767643

✦印刷・製本所　中央精版印刷株式会社

✦検印廃止

ISBN978-4-344-82951-0　C0193　Printed in Japan